突撃 お宝発掘部2

レイズ the 宝船

麻生俊平

角川文庫 12359

目次

カバー・口絵・本文イラスト／別天荒人
口絵デザイン／矢部政人

プロローグ

夕日が空を、雲を、あかね色に染めている。

「手を――」

言われるままに、差し出された手に手を載《の》せる。

「目を閉じて」

まぶたを閉じる。夕映《ゆうば》えが横顔を赤く染め、向かい風が柔《やわ》らかい髪《かみ》をなぶる。

「ここへ」

手を取られて導かれる。

「手を手《て》摺《すり》に」

視覚に頼《たよ》れないので、足の運びが慎重《しんちょう》になる。

「――いいよ」

「一段登って」

再び指示に従う。

「摑《つか》まって……薄目《うすめ》はだめだよ……」

不安があるのか、動きにためらいが出る。

「僕を信じて」

「信じるよ」

それまで誘導《ゆうどう》していた手が、今度は横に広がっていく。両腕《りょううで》を水平に伸《の》ばしたところで手は離《はな》れ、背後から腰《こし》を摑まえる。しっかり押さえているから安心していい——とでも言うように。

「——よし、目を開いて」

固く閉じられていたまぶたが開く。

「空を飛んでる！」

まさしく空を飛んでいた。足こそ下に着いているものの、空中に乗り出した体を支えているものは何ひとつ視界に入ってこない。向かい風を全身で受け止めれば、まさに自分の体が風に乗り、空気を裂《さ》いて飛んでいる感覚に浸《ひた》れる。

腰を支えていた両手が伸ばされて、二人の手が再び重なる。一対《いっつい》の翼《つばさ》であるかのように。

唇《くちびる》から歌声がこぼれる。恋人《こいびと》に、空飛ぶマシーンで自分のところに来るように呼びかける歌。

広げられていた両手がお互《たが》いの体に回される。

ちょっと待て。このまま続けると、二人は——。

「何やってるのよ、二人とも！」

美春《みはる》の声に、陽介《ようすけ》と史郎《しろう》の動きがピタッと止まる。

「何って、沈没《ちんぼつ》船の予行演習ですけど？」

ぬけぬけと答える史郎。

もちろん、何をやっているのかは、訊《き》くまでもなく解《わか》っている。某豪華《ぼうごうか》客船 超《ちょう》人作映画の最も有名なシーンのマネだ。しかし、ふつうは学校のクラブ棟《とう》の屋上を囲むフェンスに登ってやるものではないだろうし、男同士でやるものでもないだろう（いまさら男女でもあまりやらないだろうが）。

——剣持《けんもち》さんと二人で……なんて、何考えてるのよ、あたし！

史郎の背後で陽介も首をひねっている。

「何を怒《おこ》ってるんだ、出雲《いずも》の奴《やつ》？」

「さあ？　やっぱり金網《かなあみ》が曲がったりするとまずいってことかな」

ちなみに船の場合、乗客が前甲板《かんぱん》に出るのは船員に厭《いや》がられる。舳先《へさき》から身を乗り出したりしたら怒られる。あまりお勧《すす》めできない行為《こうい》なのは確かだ。

「だいたい、沈没船の練習って——」

「演習です、予行演習」

「——予行演習って何よ？　あたしたちがやるのは、沈没じゃなくて、沈没船の引揚《ひきあ》げでしょ、ひ・き・あ・げ」

「へえ、ずいぶんやる気に溢《あふ》れてますね、出雲さん」

陽介にバランスを保持され、再び両手を広げて空中に身を乗り出した史郎が言う。

実際のところ、沈没船の引揚げそのものにやる気を出しているわけではなく、引揚げ作業の過程でお宝発掘《はっくつ》部の実態が明らかになるかもしれないと期待しているだけなのだが。

——それにしても、堀田《ほった》くんと嵯峨《さが》くん、あの映画いっしょに観《み》に行ったのかしら？

頭痛の気配がしたので、あまり深くは追及しないことにする。

「風も出てきたことだし、そろそろ降りようか、陽さん？」

「そうだな」

「あれ、おっと、うわっ、飛んじゃう、飛んじゃう！　みたいじゃなくて、ほんとに飛んじゃう！」

「掴まれ、史郎！」

——好きなだけ、やってなさい！

ズキズキするこめかみをさすりながら、美春は史郎と陽介に背中を向けた。

嵯峨史郎、堀田陽介、そして出雲美春。ロマンを求める男たち（プラス〝現実に生きる堅実な女〟）。彼等——お宝発掘部。

1

プールに大きな人工波が起きるたびに黄色い歓声《かんせい》が沸《わ》く。しぶきが飛び散り、暖められた室内の空気の中に独特の匂《にお》いをともなった湿気《しっけ》となって広がる。高い温度と湿度のせいで、プールサイドを歩いているだけでも、半袖《はんそで》のセーラー服なのにうっすらと汗《あせ》がにじんでくる。

真輝島《まきしま》学園には、たいがいのものは揃《そろ》っている。幼稚舎《ようちしゃ》から大学院にいたるまでの教育機関はもちろんのこと、それに付随《ふずい》する図書館や体育館、各種競技場、劇場、博物館、実験農場、食堂、駐車場《ちゅうしゃじょう》……。さらに、山、川、湖、谷、海、林、森、密林、砂丘《さきゅう》など、たいがいの地形を備えた広大な敷地《しきち》に点在しているので、それらを結ぶ交通機関も完備している。だから――。

――だから、屋内リゾートとしての波の立つプールくらいじゃ、めげたりしないけど……。

かすかな頭痛を感じながら、出雲美春は改めて自分の連れの二人を見た。

連れの一人は、環境《かんきょう》にはおかまいなしの詰襟《つめえり》姿だ。日に焼けた顔とか、肩幅《かたはば》の広いがっちりした体格などというのはリゾートでも通用するのかもしれないが、表情が不向きだ。どんぐり眼と太い鼻っ柱の下のこれも大きな口がへの字に曲げられている。もっとも、それが蒸し暑さのせいではないことを美春は知っていた。いつでも、どこでも、この男――真輝島学園高等部二年Ω《オメガ》組・堀田陽介は、むすっとした顔を崩《くず》さないのだ。わずかな例外は――。

――スコップで穴を掘《ほ》ってる時だけだったりして……。

それでも、陽介はまだ安全というか、つき合いやすい部類かもしれない。もう一人に比べれば、はるかに。

「ねえ、堀田くん、嵯峨くんのあの格好、なんとかならなかったの？」

隣《となり》を歩く陽介に声をかける。

「史郎があの格好って決めたんだから、仕方ない」

美春と陽介の前を行くもう一人の〝連れ〟は、薄《うす》い色のサングラスをかけていた。場所がプールサイドであることを考えれば、珍《めずら》しくもない小物だろう。着ているのが赤系統の派手《はで》なアロハシャツとアイヴォリーのバミューダショーツ。当然ながら、足にはサンダル（念のために付け加えるなら、脱毛《だつもう》処理でもしているのか、脛《すね》はツルツルである）。このへんで、やや腰《こし》が退《ひ》けてしまう。似合っていないというわけではない。似合っているから、困るのだ。いっしょに歩きたくない、知合いだと見られたくないなと思ってしまうのは、首に黄色いレイをかけ、手にウクレレを持っているからだ。そう、楽器のウクレレ。それで、トータルな組合わせとしては、破綻《はたん》なくまとまっているから厭になる。

――黙《だま》って立ってれば、それなりにハンサムなのに……。

サングラスに隠《かく》されていない顔の下半分は、愛想《あいそ》がいいというより、どことなく怪《あや》しげな笑いを浮《う》かべている。真輝島学園高等部二年A《アルファ》組・嵯峨史郎。

——まあ、この格好だって、グループ名よりは恥《は》ずかしくないか……。

それにしても、ここに来たのは、次の〝練習試合〟のためではなかったのか。練習試合の材料を提供してくれる相手と会って打合わせをするというから、美春も勇んでついてきたのだ。

それなのに——。

「アロハ！　お嬢《じょう》さんがた、一曲いかがですか？」

プールサイドに並んだテーブルの一つの前で立ち止まった史郎が、そう言って、ウクレレをジャンと鳴らした。

「ちょっと、どういうつもりなのよ、嵯峨くん！」

美春は、史郎のアロハシャツの裾《すそ》を引っ張りながら、ひそめた声で絶叫《ぜっきょう》するという器用なことをした。

「そうね、一曲お願いしようかな。『小さな竹の橋で』なんてどう？」

——えっ……？

相手からリクエストがある。不躾《ぶしつけ》だとは思ったが、美春は声の主のほうをまじまじと見てしまった。広げられたパラソルの下の白い円テーブル。色鮮《いろあざ》やかなトロピカルドリンクのグラスを前にビーチウェアを着た二人の女性が座っている。自分たちより少し年上らしい。大学生か、あるいは卒業生だろうか。スリムなショートカットの女性のほうが史郎に声をかけたようだ。飛び抜《ぬ》けて美人というわけではないが、眼《め》が生き生きと輝《かがや》いていて、表情に力がある感じだ。

その隣《となり》にもう一人、ロングヘアの女性が座っている。色白で、大きな黒目がちの眼をした繊細《せんさい》な顔立ちの美人だ。しかし、肩《かた》をすくめてうつむくようにしている。連れの大胆《だいたん》な態度が恥ずかしいのかもしれない。美春はなんとなく親近感をもった。

「——真輝島学園大学英文科三年、フブキ・ケイさんですね？」

まるで前から決めてあった台詞《せりふ》を言うように、声をかけてきた女性に確認《かくにん》をする史郎。

「あなたたちが《見つけ屋》さん？」

「はい、そうです。見つけ屋こと、真輝島学園《お宝発掘《はっくつ》部》。僕が部長の嵯峨史郎。こちらが部員の堀田陽介。同じく出雲美春です」

——わざわざ正式名称《めいしょう》を名乗らなくてもいいでしょ、恥ずかしいんだから！

それでも、陽介と美春は頭を下げた。

「はじめまして。あたしがフブキ・ケイ。こっちはあたしの親友で、ハナムラ・マユミ。困っているっていうか、助けてほしいのはマユミのほうなんだ」

「解《わか》りました。詳《くわ》しい話を伺《うかが》いましょうか」

ごく自然な態度で、史郎はテーブルに着いた。

「ねえ、ひょっとしてさっきのは合言葉ってこと？」

美春の問いかけに、史郎はあっさりとうなずいた。

「どうして、合言葉なんてのが入り用になるのよ？」

「まあ、初対面の相手と秘密を要する話をするわけですからね」

ため息をつきながら、美春も空いた椅子《いす》に座る。陽介はと見ると、プールサイドで腕立《うでた》て伏《ふ》せを始めている。

――そうだった、堀田くんは女の子が苦手だったのよね。

恥ずかしいが、逃《に》げるわけにもいかないので、椅子の位置をずらして、なるべく陽介から離《はな》れるだけに止める。

「ところで、いつもそんな格好なの?」

「いえ、待合わせ場所に合わせて、仕方なく」

喜んでやってるクセに――。内心でつぶやく。いつぞやは、「秘密の取引らしい格好」などと言って、黒のレザーの上下にミラーのサングラスをかけてきたりした史郎のことだ。待合わせ場所に合わせてどころか、アロハシャツが着たくて、ここを待合わせ場所に指定した可能性だってある。

「出雲さんたちにも勧《すす》めたんですけどね。何故《なぜ》か拒絶《きょぜつ》されまして……」

「あら、けっこう似合いそうなのに。せめて頭にハイビスカスの花を挿《さ》すとか?」

ケイの言葉にショックを受ける。入部して三か月。知らない間に自分もお宝発掘部の雰囲気《ふんいき》に染まってきたということなのだろうか。

――ああ、剣持さん……。こんなことをしていて、出雲は使命を果たせるのでしょうか?

密《ひそ》かに心寄せる生徒会会長の名前を胸のなかでつぶやく。

出雲美春、実は真輝島学園高等部生徒会書記。心ならずもお宝発掘部に入部したのは、生徒会のクラブ実態調査のための潜入捜査《せんにゅうそうさ》だったはずなのに――。

クラブ活動が全学生の必須《ひっす》科目とされている真輝島学園。単位取得のための実体のない〝幽《ゆう》霊《れい》クラブ〟や、活動内容にほとんど制限がないことを利用した不正な活動を摘発《てきはつ》するために、生徒会役員が手分けしてクラブの実態調査を行なっている。書記である美春も、調査対象としていくつかのクラブを担当している。これまでに華々《はなばな》しい成果（？）があがっていないので、美春としては自分の能力や仕事熱心さが疑われはしないかと心苦しい。そこで、最も有望な（？）調査対象として取り組んでいるのが、この《お宝発掘部》である。まず、名前からして怪しい。設立趣旨《しゅし》が怪《あや》しい。二人しかいない零細《れいさい》クラブなのに、部員を勧誘《かんゆう》しようとしないのも怪しい。その二人も、怪しげな人物だ。彼等の活動に協力している人びともどこか怪しい。

さらに、〝本格的な発掘に備えた練習試合〟と称して、他人から持ち込まれた探しものや調べものを引き受けているなんてところは怪しい臭《にお》いがぷんぷんする。なにしろ、《見つけ屋》なんて通称で呼ばれていたりするくらいだ。しかも、依頼《いらい》人のプライバシーの保護を理由に〝練習試合〟の内容を公開しようとしない。美春が身分を隠《かく》してお宝発掘部の一員になったのも、同じ部員になれば、活動の実態に迫《せま》れるのではないかと思ったからなのだが（実は不正を摘発して有能なところを見せ、剣持薫《かおる》に好印象を与《あた》えたいという不純な動機もあるのだが、美春はあまり考えないようにしていた)。もちろん、こんなことは陽介や史郎には内緒《ないしょ》である。

――まあ、依頼人との面談の現場にいっしょにいられるようになっただけでも、凄《すご》い進歩と言えないこともないか。

好きな言葉を三つ挙げろと言われたら、即座《そくざ》に「努力」「正直」「誠実」と答えるのが出雲美春である。基本的には前向きの性格だ。ただ、最近どうも気になるのが、お宝発掘部に関《かか》わって以来、自分の正直さが揺《ゆ》らいでいるのではないかという疑いがしばしば頭に浮《う》かぶことだ。

――ううん、まずは最大の目標を優先することよ。見ていてください、剣持さん。今度こそ、出雲はお宝発掘部の不正を暴《あば》いて見せます!

ふと気付くと、陽介以外の三人が美春のほうを見ていた。誓《ちか》いを新たにする時の癖《くせ》で、無意識のうちに拳《こぶし》を固めていたらしい。

「あの、ええと、どうぞ、あたしに構わないで、話を進めてください……」

顔の表面温度が室温を上回るのを感じながら、美春はテーブルの下で反省メモをつけた。

「それで、ご依頼の内容は、沈没船《ちんぼつせん》の引揚《ひきあ》げということでしたね?」

にこやかに言う史郎。メモをとる美春の手が止まる。

――あれって……あれって冗談《じょうだん》じゃなかったの?

改めて一同が自己紹介《しょうかい》を終えると、今回の依頼人である吹雪桂《ふぶきけい》が説明を始めた。

「実は真由美《まゆみ》は、屋形建太郎《やかたけんたろう》の娘《むすめ》なの」

どこから取り出したのか、ノートパソコンを広げていた史郎も手を止めて驚《おどろ》きの表情を浮かべる。

「屋形氏が真輝島の卒業生だというのは知っていましたが――」

「屋形建太郎って、人気推理作家の？」

聞覚えのある名前に、美春が身を乗り出す。桂はそうだとうなずいた。

「屋形建太郎――。本名・花村林太郎《はなむらりんたろう》。日本有数の人気推理小説作家・研究家。代表作はアマチュア探偵《たんてい》・繭浦猟月《まゆうらりょうげつ》を主人公にした一連のシリーズで、特に『輪殺の意匠《いしょう》』『連殺の暗喩《あんゆ》』『死線は踊《おど》る』などの初期作品は、華麗《かれい》なペダントリィと独自の美意識を本格推理小説に融合《ゆうごう》させた作品として評価が高い。かつてアガサ・クリスティは、彼女が年に一冊本を書かないと、地球が軌道《きどう》から外れてしまうなどと言われたものだが、屋形氏は、彼が本を書かないと、日本の推理小説文壇《ぶんだん》は同人誌レベルに先祖帰りしてしまう、出版界は氷河期になると言われたくらいの人気作家だった。――そして、二年前に病気で亡《な》くなっていますね」

推理小説関係のサイトでも調べたのだろうか、ノートの画面を見ながら淡々《たんたん》と言葉を続けていた史郎が、最後に視線を桂たちのほうに向けて言った。真由美がかすかにうなずく。

「あれ？　でも繭浦猟月シリーズって、まだ続いてなかったっけ？」

人気作品だけあって、繭浦猟月シリーズはドラマや映画にもなっているはずだ。そのせいで、まだ続いているような錯覚《さっかく》をしてしまっているのだろうか？

「小説では珍《めずら》しいケースなんですが、屋形氏のアシスタントをしていた人や担当編集者が共同で、作中に出てくる主人公の事務所と同じ《アトリエ繭浦》というハウスネームを名乗って、シリーズを継続《けいぞく》しているんです。屋形氏は創作の一方で、推理小説の研究もしていたので、トリックを中心とするアイディアノートは膨大《ぼうだい》な量になっていたそうですし、それに基《もと》づいた内容になっているということですね」

「ああ、マンガとかだと、似たような例がいくつかあるわよね」

美春も知っている有名キャラクターのマンガは、プロダクションの人間の手によって、作者の死後も変わらずに雑誌連載《れんさい》を続けている。

「作者の死によって未完で終わった作品を、後から別の作家が完結させた例なんかもあります。これはマンガよりも小説のほうに例が多いでしょうね」

きっと絵柄《えがら》のようにひと目で差がわかるようなものではないからだろう。マンガでは、作者が存命中からアシスタントがかなりの部分まで描《か》いているようなケースもあるという話だが。

「まあ、売れっ子作家に対するやっかみや下種《げす》の勘繰《かんぐ》りに対する予防線として、自分たちは、屋形氏の存命中は資料調査などしか行なっていない、代筆や下書きに類することは一切《いっさい》やっていないという宣言を最初にしています。実際のところ、《アトリエ繭浦》名義で出版された最初の作品などは、屋形氏の端正《たんせい》な文体とは懸《か》け離《はな》れた文章だということで、批評家からは酷《こく》評《ひょう》されたそうですね。まあ、勘繰る人間は、それさえ、代筆疑惑《ぎわく》を逸《そ》らすために意図的にやったことだと言うのでしょうが」

「あれは、真由美の親父《おやじ》さんの本意じゃないんだ」

桂が苛立《いらだ》たしげな声で言った。

「最初に考えていた以上の広範《こうはん》な読者からの支持を得られたために、ずいぶん長く続いてしまいましたが、繭浦猟月を主人公にしてできることはほとんどやり尽《つ》くしたと父はこの数年よく口にしていました。実際のところ、最後の二、三作は、執筆《しっぴつ》にかなり辛《つら》い思いをして、結果としては以前の作品の焼き直しにしかならなかったり、不本意な出来映《できば》えだったようです」

「読者の支持があるためにシリーズを終わることができない——。それこそ、アーサー・コナン・ドイル卿《きょう》の昔から人気作家が背負う十字架《じゅうじか》のような話ですね」

うつむき加減で話す真由美に、史郎が愛想《あいそ》よく相づちを打つ。

「読者が望むのであれば、それもいいかと思っていました。父の生み出した名探偵が、父の死後も活躍《かつやく》を続けているというのは、父への供養《くよう》というか、父の生前の業績が忘れられていないことの証明のように思えましたから」

「なるほど」

それは、そうかもしれない。父親の生み出したものがいつまでもみんなに愛されているというのは、娘にとっては嬉《うれ》しいことだろう。

「でも、このあいだ、父がお世話になっていた評論家の方、昔は父の担当編集者だった方なんですけれど、その方がおっしゃってたんです。父は繭浦猟月シリーズを完結させる意志を固めていて、かなり具体的なところまで構想をまとめていたらしいって。手紙にはっきりとそう書いてあったと」

史郎の形のいい眉《まゆ》が片方だけ、サングラスの上に出た。

「ねえ、嵯峨くん、それって、ひょっとして大ニュースなんじゃないの？」

作者の死後も続いている大人気シリーズ。しかし、作者自身はシリーズを終わらせるつもりだった。ファンが聞いたら驚くだろう。いや、ファンでなくても、繭浦猟月シリーズを知っている人間だったら、驚くのではないだろうか。

いや、驚くだけではなく、ひょっとしたらその原稿《げんこう》を利用してひと儲《もう》けを企《たくら》んでいるかもしれない人間がここに一人――。

――ダメでしょ、美春。いくら相手が《お宝発掘部《はっくつぶ》》の部長だからって、悪いことを考えてるって決めつけちゃダメ。

「いえ――」

当の史郎は涼《すず》しい顔で、立てた人差し指でサングラスのブリッジを押し上げた。

「実際のところ、ファンや評論家の間ではここ数年、今年こそ繭浦猟月シリーズの完結編が書かれるのではないかというのが新年の挨拶《あいさつ》代わりになっていたようですから。実際に屋形氏の手による完結編の原稿が発見されたのならともかく、終了《しゅうりょう》させる意向があったというだけでは、アトリエ繭浦名義の繭浦シリーズのイメージを多少悪くする程度の意味しかないでしょうね」

ノートパソコンの画面を向けられ、美春は見てみた。アトリエ繭浦のホームページらしい。自分たちは、繭浦シリーズの継続こそが屋形先生の遺志を継《つ》ぐことであると信じ、他の小説は手掛《てが》けない——と宣言している。

——つまり、屋形氏のアイディアノートに書かれたトリックを自分たちの作品に勝手に流用したりしない、あくまでも繭浦シリーズのみに使用しますという宣言になるわけね。

話を聞く限りでは、さっき桂が言ったような「屋形氏の本意ではない」というほどのあくどい真似《まね》をしているようにも思えないのだが。

「——それとも、屋形氏の原稿が存在する可能性があるということでしょうか？」

そうだった。自分たち（実際には自分を除外した陽介と史郎の二人だけだけれど）は《お宝発掘部》、通称《つうしょう》《見つけ屋》なのだ。どこかに存在するはずの《繭浦猟月シリーズ・幻《まぼろし》の完結編》の原稿を見つけ出すのが今回の依頼《いらい》なのだろうか。

——あれ？　でも、そうなると、沈没船《ちんぼつ》の引揚《ひきあ》げはどうなるのかしら？　沈《しず》んだ豪華《ごうか》客船。その客室に置き忘れられた古いトランク。中には巨匠《きょしょう》が書き上げた名探偵《たんてい》の最後の活躍の原稿が——。ああ、そういうのって、ちょっといいかも。

「原稿は、たぶん存在しないと思います」

ちらっと桂のほうを見てから、真由美が答える。

「評論家の方にお願いして、父の手紙の実物を見せていただきました。これがコピーです」

真由美が差し出した紙を見る。ハガキをコピーしたらしい。細かい字がびっしりと並んでいる。最近読んだ推理小説の感想など簡単な近況《きんきょう》の後で、繭浦シリーズを次作で完結させることにしたと打ち明けている。

「――構想は完璧《かんぺき》で、すでにストーリーの詳細《しょうさい》まで決定しております。残るは執筆のみ。どうせ止められるのは判《わか》っているので、構想メモは誰《だれ》にも見せない。脱稿《だっこう》してから担当者に渡《わた》すつもりです。貴兄も、この小心者のちょっとした悪戯《いたずら》については、どうかご内聞に。

　　　　　　　　　　　　　　　　　　　　　　　建太郎」

湖面の月影《つきかげ》を眺《なが》めつつ
「ハガキが投函《とうかん》されたのは、父が入院する三日ほど前でした」

「つまり、ここに書かれている完結編の構想メモを仕上げただけで、まだ原稿執筆には着手していなかったというわけですね」

真由美はそうだとうなずいた。

「念のために、父の次回作について入院前に何か聞かされていないか、担当編集者にも訊《き》いたんですが、誰も予定さえ聞かされていないという返事でした。このところ、まったく連絡《れんらく》がないという人もいました。かなり深刻なスランプという噂《うわさ》も流れていたようです。おそらく父は、この構想メモをまとめる以外のことはすべて後回しにしていたので、そんな噂が立ってしまったのだと思いますが」

「でも、編集者がメモを手に入れて、それを隠《かく》してるってことも考えられるんじゃないかな？　だって、繭浦シリーズが完結しちゃったら、出版社としては大損害でしょ？」

桂が口を開く。美春も似たようなことを考えていたところだ。実際にアトリエ繭浦を立ち上げてシリーズを継続《けいぞく》しているわけだから、そこに、原作者はこういうふうに終わらせるつもりだった――などという話が明るみに出てはまずいのではないだろうか。

「――たぶん、構想メモに関しては、編集者は知らないのでしょう」

妙《みよう》に自信ありげに史郎が言う。

「編集者やアシスタントによるハウスネームを使ったシリーズ継続というのは、苦肉の策です。一種の賭《か》けと言っていい。そんな不確実なことをするくらいなら、構想メモに基《もと》づいていることを前面に打ち出して、屋形氏に次ぐくらいの人気作家か、あるいはアシスタントによる完結編を出したほうが、ビジネスとしてはリスクが小さいでしょう。むしろ、ある程度まで確実なヒットになると判断できます。それをしなかったということは、やはり構想メモは出版社の手には渡っていない可能性が高いと考えられますね」

なるほど。つまり、その構想メモというのは、現在のベストセラーを揺《ゆ》るがしかねない内容をもっているということだ。

——それで、沈没船はどこに出てくるの？

「わたしも、父の書斎《しょさい》などを調べてみたのですが、それらしいものは見当たりませんでした」

「そこで、沈没船ですか」

えっ？　一同の視線が史郎に集まった。

「手紙の末尾《まつび》に『湖面の月影を眺めつつ』とありました。つまり、屋形氏はこのハガキを書いた時、湖で船遊びをしていた。あるいは、完結編の構想をまとめるために旅行でもしていたのかもしれません。しかし、その船は沈んでしまった。構想メモもいっしょに——。そういうことではないですか？」

どこか得意そうな様子で史郎が言うと、桂と真由美がうなずいた。

「父はヨットを書斎代わりにしていたんです。書斎というより、構想を練ったりするための一人になって落ち着ける場所としてヨットを使っていました。ですから、編集者もアシスタントの人も家族も寄せ付けませんでした」

「ふだん仕事場にしている書斎では、誰かに邪魔《じゃま》されるかもしれない。自分の構想を知られてしまうかもしれない。だから一人になれる場所で——。ありそうな話ですね」

沈没船に宝物ではなく宝物の地図がしまわれているようなものだ。

「それで、そのヨットが沈んだ湖というのは？」

「半月湖です」

――半月湖……半月湖……どこかで聞いた名前だけど……？

「――解《わか》りました。お引き受けできると思います。――期限は区切られていますか？」

記憶《きおく》を手探《てさぐ》りする美春にお構いなく、史郎は話を進めていく。

「夏休み前にできないかな？」

「ちょっと厳しいですね。なにしろ僕たちも高校生、クラブ活動だけにかまけているわけにもいきませんから」

正論だが、なんとなく自分に聞かせるために言っているような気がしてしまうのは、美春の偏見《へんけん》だろうか。

――でも、正直なところ、期末テストの成績、下がっちゃったし……。

そのことについては、当然「反省メモ」につけてある。

「だけど、観光シーズンになっちゃったら、人目もあるだろ？　できるだけ、他人《ひと》には知られないでやってほしいんだけど」

「なるほど、それもそうですね。なるべく早く実行できるように、と」

キーに指を滑《すべ》らせる史郎を見ながら、美春も「お宝発掘《はっくつ》部専用メモ」に書き込んだ。

「――いくつか質問をさせてくださいね」

それから史郎は沈没《ちんぼつ》船発見のために必要と思われる事柄《ことがら》を順を追って訊《たず》ね始めた。おおよその沈没地点。沈《しず》んだ日時。ヨットの特徴《とくちょう》と構造。積んであったと思われる品物。探索《たんさく》や引揚《ひきあ》げの試みが行なわれたかどうか。それから、メモは具体的にはどのようなものだったのか——文字どおりのメモなのか、ノートなのか、MOなどの記録媒体《ばいたい》なのか。

桂と真由美は手回しよく、ヨットの資料などはまとめて持ってきていた。

「船名は《コンスタンス・カルミントン》号——。雑誌のグラビアか何かで見た覚えがありますね」

「メモは、紙に書かれたものだと思います。父はもともと、かなり詳細《しょうさい》なメモ、箱書きに近いようなものを手で書いていたんですが、アシスタントさんを使うようになってからはパソコンを利用するようになりました。そのほうが、データの共有がしやすくて、共同作業には便利だから、と。ただ、今回は他人に知られないようにするために、仕事場のパソコンは使っていません。ヨットにはパソコンはありませんから、ノートパソコンでも持ち込んでいなければ、メモは手書きだったと思います」

「シリーズの完結編ってことで思い入れも深かったでしょうから、執筆《しっぴつ》方法も昔に戻《もど》したりするつもりだったかもしれないわね。原稿用紙に万年筆で書くとか」

「保存性の問題を別にすれば、手書きのメモであることを願いますね。メモの内容を公開するような場合、磁気媒体では屋形氏の手によるものであるかどうか信憑性《しんぴょうせい》を疑われる可能性がありますが、手書きであれば筆跡《ひっせき》が有力な判断材料になるでしょう」

——そうよね。せっかくメモを回収して内容を発表しても、そんなものは偽物《にせもの》だって言われる可能性もあるわけよね。

「それで、状況《じょうきょう》によってはヨット自体の引揚げは不可能という場合も考えられます。その場合はどうしましょう？　屋形氏のメモさえ回収できれば、それで目的は果たせたと判断していただけますか？　仮に内容の判読が不可能だったとしても？」

口調は淡々《たんたん》としているが、史郎の問いかけの内容は意外にシビアだ。

「その時は、仕方ありません……」

小さな声で真由美が答える。

「参考までに聞かせてほしいんですが、メモが回収できたら、どうするつもりですか？」

真由美が桂を見た。

「別にメモをどうこうしようって言うんじゃないの。本来の作者である真由美のお父さんはこういうふうに考えていましたよっていうのを公表したうえで、それでもいまの繭浦シリーズを支持するっていうなら、それは読者の自由だって思うもん。だけど、読者は知らされてないわけでしょ？　それは不公平っていうか、間違《まちが》ってると思うわけ。だから、読者に正しい情報を提供したいっていうのが狙《ねら》いかな。——ね、真由美？」

桂の問いかけに、真由美は黙《だま》ってうなずいた。

「なるほど。——ところで、どんな内容だと思いますか、繭浦シリーズの完結編？」

「どうして、そんなことを訊《き》くの？」

「さっきはああ言いましたが、屋形氏が、例えば繭浦猟月が死を迎《むか》えるような完結編を構想していたら、どうでしょう？　シリーズは完全完結してしまう。それを望まない出版社によってメモが握《にぎ》り潰《つぶ》されたといった可能性も否定し切れないと思います」

桂の反問に、しれっとした顔で史郎が答える。頭の回転が速いというより、「自分だったら、そうする」という判断で言っているような気がする。そう、賢《かしこ》いというより、悪賢《わるがしこ》い——。

——ダメダメ。いくら相手が《お宝発掘部》の部長でも、偏見はダメ。

「やはり、繭浦とムナカタの決着がつくのではないかと……」

おずおずとした様子で真由美が答える。

「そうですよね。そうじゃないと、読者は納得《なっとく》しないでしょう」

うんうんとうなずく史郎。

——ムナカタって誰《だれ》？　警部？

いちおう、屋形建太郎と繭浦猟月の名前は知っていても、次に来るのは二時間サスペンスドラマで繭浦を演じている中堅《ちゅうけん》二枚目俳優の名前、というのが美春である（お正月の二時間ドラマで繭浦を演じていた若手はイマイチだったような気がする。原作をきちんと読んでいないから、イメージが合っていたかどうかは不明だが）。かなり重要な存在らしい「ムナカタ」というのが誰なのか、判《わか》らなかった。

「逆に言えば、屋形氏が繭浦とムナカタの間に決着をつけていると知ったら、ファンとしては

美？」

「そうでしょ？　そう思うでしょ？　そこのところをハッキリさせたいのよ。ねえ、真由
放《ほう》っておけないでしょうね」

同意を求められて、うつむき加減の真由美がうなずく。

「自分で書いたらどうなんだ？」

不意に野太《のぶと》い声がする。

——あう……。

声のしたほうを見ると、いつの間にか陽介は腕立《うでた》て伏《ふ》せからスクワットに切り換《か》えていた。

「まあまあ、陽さん、僕たちは見つけるのが役目で、その後のことは、花村さんたちが自分で
決めることだから——」

史郎の言葉を聞き流しながら、真由美たちのほうを見る。さっきよりも深くうつむいている
真由美を、桂が気遣《きづか》っていた。

——な……何か悪いこと、言ったのかしら？

自分が何かしたわけではないのに、腰《こし》が浮《う》いてしまう。根が真面目《まじめ》なのだ、美春は。

「ときに、どうして二年間も放っておいたんですか、《コンスタンス・カルミントン》号？」

「台風でヨットが沈んですぐ、父が入院してそれどころではありませんでしたから。亡《な》くなっ
た後は、何と言うか、そっとしておきたいなと……」

あるいは故人が愛用した品を柩《ひつぎ》に入れるのと似たような心理かもしれない。

「それが、さっき話に出た評論家先生の言葉で、重要な秘密を隠《かく》しているかもしれないと思い至った、と？」

真由美はうなずいた。

「ええと、前もって資料を揃《そろ》えておいていただいたので、助かりました。これで、何とかいけると思います。——ところで、花村さんは、キザなセリフにアレルギーはありませんか？」

うつむいたまま頭《かぶり》を振《ふ》る真由美。

「お父さんが残した繭浦猟月シリーズ完結編の構想メモに、花村さんはロマンを感じていますか？」

「そりゃ、いまも続いている人気シリーズの幻《まぼろし》の完結編だから、当然——」

「どうです、花村さん？」

桂の言葉が聞こえなかったかのように、史郎が問いを繰《く》り返す。

「父が、繭浦猟月に込めた思いがどんなものだったのか、それを知りたいと思います。ロマンというのとは違《ちが》うかもしれませんけれど、とても知りたくて、でも恐《こわ》いような——。そんな気持ちです」

「ならば、それでOKです」

真由美の答えに、史郎はニッコリとうなずいた。

「おおよそのスケジュールが決まりましたら、連絡《れんらく》します。引揚《ひきあ》げ予定日も——」

「同行したいんだよ」

桂の言葉に、史郎がぽかんと口を開ける。

「何かあった時、連絡をとって、確認《かくにん》して、とかいってたら、遅《おそ》くなるだろ？　それに、これは言ってみれば真由美の親父《おやじ》さんの弔《とむら》い合戦みたいなもんだから、現場に立ち会いたいんだ。できればヨットも見てみたいし。大丈夫《だいじょうぶ》、あたしたちCカードもってるから」

「——解《わか》りました。お二人が同行するという前提で、計画を立ててみます」

そう言う史郎の唇《くちびる》の端《はし》が微妙《びみょう》に引きつっているのを、美春は見逃《みのが》さなかった。

——同行されると都合が悪い？　やっぱり、何か企《たくら》んでいるとか？

席を立ち、一礼して離《はな》れる。運動量に満足していないのか、への字口のままの陽介も従う。

桂と真由美は、まだしばらくここにいるつもりらしい。

外に出ると、梅雨が明けて間もない七月中旬《ちゅうじゅん》の陽射《ひざ》しがまぶしい。強い光を直接浴びるけれど、風が吹《ふ》き抜《ぬ》けていくのでプールサイドより気持ちがいい。美春は大きく伸《の》びをした。

——沈没《ちんぼつ》船の引揚げか。いかにも〝お宝〟って感じよね。〝発掘《はっくつ》〟のほうはないけど……。

チラッと陽介のほうを見る。気のせいか、への字口がいつもより急角度のようだ。

「ええと、嵯峨《さが》くん、ヨットが沈《しず》んでいる半月湖ってどこなの？」

陽介のギョロ目がこっちを向かないうちに、史郎に話題をふる。

「真輝島学園大学経営学部ホテル科、レジャー科の演習施設《しせつ》があるところですよ。半分はぎりぎりまで森が迫《せま》った断崖《だんがい》がせり出していて、反対側には砂浜《すなはま》が広がっていて。演習以外にも、実際の観光地としてお客が来ています。見て損はないですよ。もちろん、敷地《しきち》内ですが」

「――はあ……」

真輝島学園の広大な敷地には、たいがいのものは揃っている。教育機関はもちろんのこと、それに付随《ふずい》する各種施設。さらに、あらゆる地形。そして、沈没船まで揃っている。

屋内プールを離れた美春たちは、いったん高等部まで戻《もど》り、クラブ棟《とう》の屋上でひと息ついた。部員が三名しかいない（しかもそのうち一名は生徒会から送り込まれた潜入捜査官《せんにゅうそうさ》だ）零細《れいさい》クラブであるお宝発掘部には、正式な部室もない。クラブ棟の屋上に張られたテントが、部室代わりというか、溜《た》まり場になっている。

――もっとも、堀田くんと嵯峨くんに関しては、家に帰らずここに寝《ね》泊まりしてるんじゃないかって疑惑《ぎわく》も解けないんだけどね。

発掘が長期化した場合に備えて、野外生活に慣れるための基礎《きそ》訓練である――。そんな説明が通っているらしいので、美春としてもこれを不正として追及するわけにはいかないのだが。

「出雲さん、コーヒーはいりましたよ」

「あ、はい、はい」

史郎からカップを受け取る。見ると、さっきまでダンベルを上げ下げしていた陽介も、いまはおとなしくカップを手にしていた。豆がいいのか、それとも淹《い》れ方に秘密があるのか、史郎のコーヒーはほんとうに美味《おい》しい。

「ところで嵯峨くん、ちょっと訊《き》いていい？」

美春は、さっきから気になっていたことを質問してみることにした。つまり、「ムナカタ」って誰《だれ》なのかとか、長ったらしいヨットの名前のこととか。

「繭浦猟月は、本業はガラス工芸家なんです。カタカナよりも漢字で〝硝子《ガラス》〟って書いたほうが似合うようなイメージの。すべての壁《かべ》がステンドグラスで造られている建物の中で虹《にじ》の七色に見立てた七人の死体が発見される『九番目の虹色』で初登場しましたが、シリーズ三作目の『被殺意《ひさつい》の結晶《けっしょう》』で容疑者の一人として登場するのが、美術品の鑑定家《かんていか》であり、そして自称《じしょう》・犯罪鑑定家でもある宗像紫影《むなかたしえい》です」

史郎がノートパソコンの画面を見せる。繭浦シリーズのファンサイトなのだろうか、ちょっと少女マンガっぽいイラストに宗像の名前が書いてある。

「鑑定家って、『いい仕事してますねえ』とか言うわけ？」

お宝発掘部に関《かか》わるようになってから熱心に見るようになってしまったテレビ番組のことを思い出しながら言う。

「大雑把《おおざっぱ》に言えば、そういうことです。つまり、実際に行なわれる犯罪が、彼の美学に照らし合わせてどれだけ美しい仕事かを鑑定して、評価を下すんです。初登場の時のセリフが、ああ、ここに書いてありますね」

ノートの画面を指差す史郎。

『あの屍《しかばね》は、この事件に似つかわしくない。誤謬《ごびゅう》と呼ぶべきものだ。死体の創作も時宜《しぎ》を得ているとは言えない。創作結果を披瀝《ひれき》する場所も通俗《つうぞく》的だし、創作の手法も陳腐《ちんぷ》極《きわ》まりない。最初の殺人の、まさに「創造」と呼ばざるを得ないほどの独創性が相殺されてしまうほどだ。何より題材たる被害《ひがい》者の選択《せんたく》がよろしくない。悲劇の純度を高める役にも、不可解さを増す役にも、どちらにも立っていない妥協《だきょう》の産物。あの死体一つで、この美しい朱色《しゅいろ》の悲劇は、単なる追い詰《つ》められた人間の醜態《しゅうたい》の叙述《じょじゅつ》に成り下がってしまった――』

――何、これ……？

「最初は自分の美学に基《もと》づいて事件の真相を独自に推理するということで、探偵《たんてい》役としての繭浦のライバルだったんです。評価を下すだけなら、ふつうの社会評論家といっしょですしね。しかし宗像は、自分の美学に合わせて実際の犯罪に修正を加えるようになるんですよ」

「どういうことよ、それ？」

「だから、彼の美学に沿った形で犯罪を芸術として完結させるために、不必要な犯行を妨害《ぼうがい》したり、別の犯行を付け加えたりします。極端《きょくたん》な場合、登場三作目、シリーズ通算五作目の『輪殺の意匠《いしょう》』では、美学に反するという理由から、連続殺人のうちの一つに犯人も知らない隠蔽《いんぺい》工作をして、犯行そのものをなかったことにしてしまいます。続く『連殺の暗喩《あんゆ》』では真犯人を殺してしまい、その殺人も連続殺人の一部として組み込んだうえで、自分の美学に基づいた犯罪として完結させてしまうんです」

――頭痛ぁ……。

「それって、メチャクチャじゃない」

「ええ。ふつうの推理小説なら、どのようにすれば犯行が可能か、可能だったのは誰かといった機械的トリックの分析《ぶんせき》、そして動機から、犯人を絞《しぼ》り込んで、事件の真相に迫るんですが、宗像紫影登場後の繭浦猟月シリーズは、美学的な見地から、犯行意図が変わったのはどこかといったことも検討しなければならないんです。そのへんが、ただの推理小説では飽《あ》き足らなくなったマニアに受け、カッコイイ主人公に餓《う》えていた一般《いっぱん》読者に広く熱烈《ねつれつ》に支持されている理由でしょうね。犯罪美学を、鋭敏《えいびん》な美的感覚を備えた探偵が解剖《かいぼう》していくという、〝美学対決〟とでも呼ぶべき独特の雰囲気《ふんいき》をもった作品世界が展開されるわけですから」

もう一度、ディスプレイを見てみる。〝美学〟というにはちょっと俗っぽい感じのする、怪《あや》しげな美形キャラクターのイラスト。その下には、これまでのシリーズのなかで彼が展開した美学に関する考察（ふつうだったら「名セリフ集」と呼ぶのではないだろうか）が抜粋《ばっすい》されている。どうも、画数の多い漢字がやたらに使われているようだ。

「犯罪者は芸術家だが、探偵は評論家にすぎない――なんていう言葉がありましたが、犯罪そのものを芸術として創作活動さえしてしまう一種の評論家を設定したあたりに、屋形氏の稚気《ちき》というか、ちゃめっ気を感じますね」

——ちゃめっ気を感じる前に、頭痛を感じるわよ。

「なにしろ、奇妙《きみよう》な建築の中で連続殺人が行なわれるタイプのミステリが全盛《ぜんせい》だった時に、それを揶揄《やゆ》するような〝屋形建太郎〟なんてペンネームを付ける人ですから」

内心でため息をつく美春をよそに、史郎は眼《め》を輝《かがや》かせてしゃべり続ける。

——ひょっとして、嵯峨くんってミステリファン？

「そうそう、屋形氏のヨットの船名《コンスタンス・カルミントン》ですが、アガサ・クリスティの『そして誰もいなくなった』の舞台《ぶたい》となる島への招待状の差出人の一人なんですよ」

決定——。やはり史郎はミステリファンのようだ。それも、かなり重症《じゆうしよう》の。

——今度こそ、お宝発掘《はつくつ》部の実態に迫《せま》れるかと思ったのに……。

美春が発掘部に入るきっかけになった依頼《いらい》の時は、高校生が依頼人だった。言い方は悪いが、たいしてお金になりそうになかった。しかし今度は、人気作家の人気シリーズをめぐる依頼だ。構想メモとやらにはいろいろと使い道がありそうだし、ちょっと誘惑《ゆうわく》に駆《か》られることもあるだろう。そのときこそ自分の出番だと期待していたのだが。

——ああ、剣持さん、出雲を見守ってください。見守るだけでいいんです。

ふと思い付いて、陽介のほうを見る。我不関知《われかんちせず》——。いつの間にやら陽介は、コーヒーカップを抱《かか》えるような格好で、学生服の広い背中をこちらに向けていた。

「——さて、今回の依頼ですが、大雑把に言って、三つの段階に分かれます」

蘊蓄《うんちく》に一段落ついて気が済んだのか、史郎はノートパソコンに「三つの段階」を書き込んでいった。陽介もきちんとこちらに向き直っている。

「まずは、ヨットの沈《しず》んだ位置を特定すること。次が、ヨットの状態を調べること。これは、屋形氏の構想メモの所在を特定することも含《ふく》む。ある意味、実際の引揚《ひきあ》げよりも重要な段階と言えます。そして、最後にヨットの引揚げ。ヨットの状態によっては、メモのみを回収することも考えられる。それに、予定外の機材が必要になることもあるでしょうから、調査が終わった段階で、一度半月湖から離《はな》れることになるかもしれない、と」

このへんの分析というかプランニングは、何度もやっているからだろうか、手慣れた様子だ。美春も気を取り直して、史郎のメモの内容に集中する。

「そうすると、今度は何日か泊《とま》りがけってことになるわね」

「そうなります。さっきも言ったように、半月湖はレジャー科の演習施設《しせつ》がありますから、コテージなり何なりを予約しましょう。花村さんたちもそうなるでしょうし——」

「俺たちはテントか？」

「当然」

「そうか。よかった」

　――何が〝よかった〟なんだか……。

　美春が再び軽い頭痛を覚えている間に、史郎は必要事項《じこう》を書き出し始めた。

「意外に深いな、半月湖。あんまり深いところに沈んでいると、作業は難しくなる。まずは潜《せん》水《すい》のための装備を人数分。いや、花村さんたちは自分で用意するのかどうか確《かく》認《にん》しないと」

「人数分って、あたしも潜《もぐ》るの？」

「厭《いや》ですか？」

「そうじゃないけど、あたし、ダイビングのライセンスなんてもってないわよ？」

「ああ、Cカードは、免許《めんきょ》というより英検や柔道《じゅうどう》の段のような能力認定証ですから、もたずに潜ったら逮捕されるという類のものじゃありません」

「へえ、そうなんだ。――念のために言っておくけど、泳げますからね、あたし」

「――そうか」

　陽介が何かよけいなこと（例えば「泳げないのか、おまえ？」とか）を言いそうだったので、先手を打っておく。滅多《めった》に口を開かず、開いても短いひと言だけということがほとんどの陽介だったが、最近は気配でなんとなく何を言おうとしているのかが判《わか》るようになってきた。――美春としては、あまり嬉《うれ》しくないのだが。

「それじゃ、天候その他の状況《じょうきょう》によって潜るかどうかは決めるとして、出雲さんも泳ぐ用意だけはしておいてください」

「解《わか》ったわ」

部活用のメモに書き込む。潜入捜査《せんにゅうそうさ》のためとはいえ、お宝発掘部に入ったのだ。それ専用のメモ帳を用意した。熱心な部員であることを示して、史郎たちの信用を得るためという目的もあるが、基本的に真面目《まじめ》なのである、美春は。

――まあ、計画がまとまったところで、例によって嵯峨くんが「沈没《ちんぼつ》船引揚げのしおり」とかを作るんだろうけど。

計画の大まかな輪郭《りんかく》がしだいに決まっていく。美春が多少やじ馬的な興味をもっているのは、どうやってヨットを引き揚げるのか、ということだ。クレーンなどの設備を備えた船を用意するとも思えないし――。

――まさか、ねえ……。

話を聞きながらもダンベルの上下運動を続けている陽介のほうを見る。太い、運動会の綱引《つなひ》きで使うような、あるいは神社の注連縄《しめなわ》のような、極太《ごくぶと》のロープで雁字搦《がんじがら》めにしたヨットを、岸辺に引っ張り上げる陽介のビジュアルが頭に浮《う》かぶ。BGMが「ボルガの舟歌《ふなうた》」というあたり、変なところが古い美春である。

「――はい、質問。ヨットの沈んでる場所が判《わか》ったら、どうやって引き揚げるの？」

自分の想像力で自滅《じめつ》しそうになった美春は、手を挙げて史郎に質問した。

「船と周囲の状況《じょうきょう》にもよりますが、大規模な機械は使えませんから、船体が傷んでいなくて気密を確保できるなら、船の内部に空気を吹《ふ》き込んで浮力《ふりょく》を得ることになるでしょうね。エアバッグを括《くく》り付けて浮き上がらせるという方法もありますが」

「ああ、なるほどね」

極太のロープを肩《かた》に食い込ませながら、岸辺の土を踏《ふ》み締《し》める陽介のビジュアルは消えた。代わりに、ヨットのあちこちに括り付けた浮袋《うきぶくろ》に頬《ほお》を膨《ふく》らませて息を吹き込む陽介のビジュアルが——。

「どうしました、出雲さん？」

「ううん、ちょっと頭痛がしただけ」

「最近、多いみたいですね、頭痛。——そうだ、これから、ちょっと気分転換《てんかん》に行きませんか。陽さんもどう？」

自分が頭痛の原因を作っているとは思いもしないのだろう、あくまでもさわやかな笑顔《えがお》で史郎が言った。

バスから降りると、潮の香《かお》りを含んだ風が頬を撫《な》でた。

気分転換と称《しょう》して史郎が美春たちを連れてきたのは、ヨットハーバーだった。もちろん、真輝島学園の敷地《しきち》内の施設で、係留してあるのもほとんどが海洋学部やヨット部の持ち船だ。

「《コンスタンス・カルミントン》号と同形の船を見ておくのも、準備のうちってことで」

薄《うす》い色の柔《やわ》らかな髪《かみ》を潮風になぶらせながら史郎が言う。アイヴォリーのパンツに、サックスブルーの麻《あさ》のジャケット。シャツの襟《えり》には珍《めずら》しくタイがない。のんびりと歩きながら、屋形氏のヨットと同じ形の船を探しているのだろう、眼《め》は海のほうに向けられている。

それで陽介はというと、強い陽射《ひざ》しにおかまいなしの詰襟《つめえり》。強《こわ》そうなぼさぼさ頭に、あいかわらずのへの字口。本人にそのつもりはないのだろうけれど、まるで打ち寄せる波や吹きつける潮風に立ち向かっているように見えてしまう。握力《あくりょく》を鍛《きた》えるグリップを両手で玩《もてあそ》んでいることを別にすればだが。

「——これなんか、大きさといい、構造といい、そっくりですね」

少し先を歩いていた史郎が一艘《そう》の船の脇《わき》で足を止める。帆《ほ》の畳《たた》まれた白いヨットが、かすかに上下動している。

「へえ、意外と大きいんだ。小説のアイディアを練ったりする書斎《しょさい》代わりに使っていたっていうから、もっと小さいかと思ってた」

「小さいっていっても、公園の池のボートってわけにはいきませんよ」

それはそうだ。あるいは、最初に「沈没船」という言葉を聞いていたので、無意識に客船（豪華《ごうか》客船とはいわないまでも）のようなものを想像していたのかもしれないが。豪華客船とボート。美春の想像力には中庸《ちゅうよう》がないのか。

「これはクルーザーっていうことになるのかな。もっと小型の、乗組員が体重移動でバランスをとるようなディンギーっていうタイプのものもあります」

史郎が指差したほうには、ずっと小型の（それでも四、五メートルはあるだろうか）ヨットが繋《つな》いであった。

「すみません、ちょっと見せてもらってもいいですか？」

桟橋《さんばし》にいた、持ち主らしい人に声をかけると、史郎は意外に身軽な動きでクルーザーに乗り移った。甲板《かんぱん》を端《はし》から端までぐるりと行って戻《もど》った後で、今度は船室などを覗《のぞ》いている。

「やっぱり、図面とか写真で見るより、実物に接しておいたほうが実感が湧《わ》くっていうか、実際に潜《もぐ》った時に役に立ちそうよね」

「出雲も、乗ってみるか？」

「えっ？」

美春が返事をするより早く、陽介が腰《こし》に手をかけ、軽々と持ち上げると、甲板の上に乗せた。

「あ、ありがとう、堀田くん」

陽介は、ニコリとするでもなく、そっぽを向いている。

そんなに揺《ゆ》れるわけではないのだが、多少おっかなびっくりといった姿勢になりながら、甲板を歩いてみる。そのうちに、なんだかワクワクしてきた。係留されているとはいえ、海に浮かんだ船の甲板を歩いているからだろうか。

史郎に倣《なら》って、船室を覗いてみたりする。

「――どうしました、何か面白《おもしろ》いものでもありましたか？」

「いかにも船って感じだから、なんか笑えちゃうのよね。面舵一杯《おもかじいっぱい》、とか言ったりして」

絵に描《か》いたような舵輪《だりん》を指差して答える。

「なるほど。――ねえ、陽さんも上がってきなよ」

苦笑《くしょう》を浮《う》かべていた史郎だが、桟橋にぽつんと残された陽介に声をかけた。

「――そうか」

無雑作に船体に手をかけ、乗り移る陽介。気のせいか、船が傾《かし》いだようだ。クラブ棟《とう》の屋上で思い浮かんだ「ロープ一本でヨットを浜《はま》まで引き揚《あ》げる陽介」のビジュアルが蘇《よみがえ》る。さらに、「ヨットを肩に担《かつ》ぎ上げて海から現われる陽介」のビジュアルが新たに付け加わる。

「例のメモは船室の中にあるだろうけれど、気密が確保されていることは望み薄だね。船を発見した後で内部に入るとして、船体の姿勢も重要になってくるな。人が出入りできるような位置にドアが向いていてくれるといいんだけど」

確かに。例えば船が完全にひっくり返っていたら、ドアから中に入るわけにはいかない。いかにも〝船の窓〟らしい円窓がいくつかあるけれど、そんなに大きなものではないし、人が潜《くぐ》り抜《ぬ》けるのは難しいかもしれない。

「この窓は全開しないタイプですね。ガラスを割る許可をとる必要があるかもしれないな」

チェックポイントをメモする史郎。このへんは抜け目がない。

「船というのは、〝浮かぶ密室〟ですからね」

――あ、また、ミステリファン復活の気配が……。

「案外、屋形先生が繭浦シリーズを終了《しゅうりょう》させようとしているのを知った出版社が、それを阻止《そし》しようとして、ヨットに細工をして沈《しず》めちゃったんだったりしてね」

自分にできる範囲《はんい》で史郎に合わせようとする美春であるが。

「それは、サスペンスドラマの見過ぎです、出雲さん」

――嵯峨くんに言われたくないわよ！

顔をひきつらせている（自分でもこめかみのあたりが脈打っているのが判《わか》る）美春をよそに、史郎は船の持ち主に声をかける。疑問点について説明を求めているようだ。

――もう……。

反対側では、陽介が手持ち無沙汰《ぶさた》な様子で突《つ》っ立っている。背が高く、肩幅《かたはば》も広いので、こんなときには、居場所が見つけられなくて、まるで自分の体を持て余しているように見える。叱《しか》られてしょげているイタズラ小僧《こぞう》のような雰囲気《ふんいき》でもある。

――やっぱり気が進まないのかな、今度の宝探し……。

沈没《ちんぼつ》船の引揚げでは、陽介のスコップも活躍《かつやく》の場がないだろう。いや、今回に限らず、古い城のどこかに隠《かく》された財宝とか、土を掘《ほ》らない宝探しというのも、意外に多いかもしれない。

そうなのだ。穴を掘る行為《こうい》そのものに喜びを見出《みいだ》しているようにしか見えない陽介が、どうしてお宝発掘《はっくつ》部に参加しているのか。史郎に関しては、生徒会に提出したお宝発掘部の設立趣《しゅ》意書《いしょ》にもっともらしいことが書かれているし、本人の口からも活動の目的を聞いている。つまり、夢見ることを忘れた自分たちが、お宝という具体的な〝夢〟を探し、場合によっては他人の宝探しを代行することで、夢の見方を思い出し、ロマンを取り戻すこと——。でも、陽介はどうだろう？　夢の見方を忘れていることで、自分に何かが欠けているといった気持ちになったりするだろうか。もう二か月以上いっしょのクラブで活動しているというのに、無口でぶっきらぼうなので、陽介が何を考え、何を感じているのか、まだよく解《わか》らないところがある。

——穴を掘ること以外、何も考えていなかったりして……。

頭に浮かんだ説得力のありすぎる考えを追い払《はら》う。常に何か企《たくら》んでいるように見える部長といい、何も考えていないように見える部員といい、お宝発掘部の関係者は難儀《なんぎ》な人間ばかりだ。

——早く調査を終了しないと、あたしも染まっちゃうかも……。

今回は、陽介の周辺を重点的に調査してみようか——。そう決める。

「——残念でしょ、堀田くん。沈没船の引揚げじゃ、穴が掘れなくて」

ちょっと意地の悪い質問かとも思ったが、陽介の口から言葉を引っ張り出すには、これくらい刺激《しげき》的でなければ効果がないだろう。

陽介のギョロ目が美春をチラッと見て、また海のほうを向く。

「いいんだ。史郎が、やるって言うんだから」

──やっぱり、それかい！

美春の攻撃《こうげき》は、いきなり撥《は》ね返された。

「でも、ひょっとしたら掘る機会もあるかもよ？　例えば、ヨットが泥《どろ》の中に埋《う》まりかけているとか、さっき言ってた、出入口が水の底のほうを向いてて入れないとか、そういう場合」

「──出雲、おまえ、頭いいな」

心底感心したような声で陽介が言う。ちょっと胸を張る美春。

「史郎には負けるけど」

──あう……。

深くうなずいている陽介。本人にまったく悪気はないのだろうが、美春にとってはガックリくる一言だった。

「全部お任せなわけ、嵯峨くんに？」

「考えるのは史郎の仕事、体を動かすのが俺の仕事だ」

何の迷いも感じられない言葉が返ってくる。──予想はしていたけれど。

「じゃあ、嵯峨くんがヨットを岸まで引っ張り上げろって言ったら、やるの？」

「──そうだな」

しばらく足元をにらんでいた陽介だが、いきなり上着を脱《ぬ》いで、海に飛び込んだ。

「ちょっと、堀田くん！　——嵯峨くん、堀田くんが飛び込んじゃったわよ！」

「えっ、海水パンツに着替《きが》えもせずにですか？」

どこかずれた返事をしながらも、史郎は美春の傍《そば》まで来て、屈《かが》み込んだ。美春もこわごわ水面を覗《のぞ》き込む。そんなに深くもないはずなのに、陽介の姿は見えない。

「出雲さん、陽さんとどんな話をしてました？」

「ええと、今度の宝探しは穴掘《あなほ》りがなくて残念ねとか、ヨットを引っ張り上げろって言われたらやるのかとか……」

質問の意図が解らず、戸惑《とまど》いながら答える美春。

「そうすると、陽さんのことだから……」

不意に、それまでわずかだったヨットの揺《ゆ》れが大きくなる。気のせいかと思って足下に注意を向けると、また揺れる。いや、揺れるというより傾《かたむ》いているのだ。舳先《へさき》のほうが持ち上がっている。

「陽さん、もういいよ。船を引き揚《あ》げる方法は、僕が考えるから」

海面に声をかける史郎。ほどなく船の傾きが元に戻《もど》り、白い泡《あわ》といっしょに陽介が浮《う》かび上がった。

「何してたのよ、堀田くん！」

ほっとするのと同時に、何か腹立たしくなって怒鳴《どな》ってしまう。

「これくらいのヨットを動かせるか試してみたんだが、重かった」

「はい？」

「思ってたより重かった」

――まったく、こいつときたら……。

ため息が漏《も》れてしまう。

「船の引揚げは、さすがに陽さんの筋肉に頼《たよ》ったりしないよ。それとも、そんなに出雲さんにいいところを見せたかった？」

「な……何を言い出すのよ、嵯峨《さが》くん！」

何かを面白《おもしろ》がるような笑みを浮かべている史郎から眼《め》を逸《そ》らすと、陽介と眼が合ってしまう。気まずい。陽介の顔が赤みを帯びている。自分の顔も似たようなものだろう。頬《ほお》の熱さで判《わか》る。

――もう……剣持さん。出雲はどうしたらいいんですか⁉

どぼんと音を立てて、陽介が再び水の中へ潜《もぐ》った。

濡《ぬ》れたままではバスに乗れないので、陽介ひとりだけ歩いて帰ることにした。

「あっ、そうだ――」

まだバスが高等部に着いていないのに、史郎は降りた。美春も慌《あわ》てて続く。さすがに屋上のテントに泊《と》まることはしないにしても、陽介や史郎からはなるべく日を離《はな》したくなかった。

だいぶ日は長くなっているが、それでももう西の空が赤い。すれ違《ちが》う人もまばらだ。

「——出雲さん、今度の沈没《ちんぼつ》船のこと、誰《だれ》にも話さないでください」

「もちろんよ」

「相手が陽さんや僕でも、そばに他人《ひと》がいる場合は駄目《だめ》です」

さっきのヨットハーバーでのことを言っているのだろう。美春はうなずき、念のために備忘メモに書き込んだ。怪《あや》しげなところはあるにしても、宝探しに関することには史郎は実にマメである。逆に言えば、部外者にはけっして自分たちの活動内容を明らかにしないから、こうして美春が潜入捜査《せんにゅうそうさ》をしているわけだが。

「ちょっと、嵯峨くん。どうして中央図書館に来るわけ？」

《真輝島学園中央広場》停留所でバスを降りて、史郎が足を運んだのは、蔦《つた》の絡《から》まるレンガ造りの建物——真輝島学園中央図書館だった。貴重な文献《ぶんけん》を多数保有する、学生に本を貸し出すサービス施設《しせつ》というよりは、博物館や美術館に近い性格をもった施設だ。当然、発掘《はっくつ》の準備段階で必要な資料を漁《あさ》りに来ることもある。しかし、今回の沈没船引揚げに関しては、依頼《いらい》人である花村真由美から必要な資料は提供されている。クルーザーが沈《しず》んだのは二年前。古文書というと大袈裟《おおげさ》だが、古い文献を調べる必要はないはずではないか。

美春の不審《ふしん》にお構いなく、史郎は重たい扉《とびら》を押して中に入った。仕方なく、美春も後に従う。史郎の意図が不明ということ以外にも、ここに来たくない理由が美春にはあるのだが。

天井《てんじょう》に届く高さの木製の書架《しょか》にびっしりと並んだ本、本、本……。埃《ほこり》っぽい空気のせいでもないだろうが、室内を照らす黄色い電灯の光さえ、ぼんやりとしている。

「ナツキ、ちょっといいかな？　仕事中のところ悪いんだけど」

史郎が声をかける。特に大きな声でもなく、そして、どこに向かってという感じでもない。

「構わないよ。ちょうどひと区切りついたところだから」

アルトの声で返事があり、〝美春がここに来たくなかった理由〟が書架の間から顔を出した。

ソバカスの散らばった鼻にちょこんと丸いメガネが乗っている。初等部男子の標準服から上着をとったスタイル、すなわち、半ズボンをサスペンダーで吊《つ》り、襟《えり》には蝶《ちょう》ネクタイを締《し》め、ハイソックスに革靴《かわぐつ》を履《は》いた格好の、しかしれっきとした女の子。真輝島学園初等部五年・百合《ゆり》嶋懐《しまなつき》。何故《なぜ》か、本の内容には一切《いっさい》興味をもたず、整理と検索《けんさく》システムの構築のみに情熱を燃やす、中央図書館の主。そして、当然のことながら、お宝発掘部の関係者でもある。

「やあ、史郎」

「…………」

「こら、懐」

「――ついでに美春」

大人げないとは思いながら、拳《こぶし》の震《ふる》えを抑《おさ》えるのに苦労する。五つも年齢《ねんれい》差があるのにタメ口をきくし、言うことがいちいち可愛《かわい》くない。

「それで、きょうは何を調べに来たんだい、史郎？」

もっとも、タメ口の対象は美春だけではない。慣れているのか、史郎は気にした様子もないのだけれど。

「きょうは調べ物じゃなくて、懐の夏休みの予定を聞きに来たんだ」

「夏休み？」

丸いレンズの向こうで、丸い目をさらに丸くする懐。

──そうか。この子も小学生だから、もうすぐ夏休みなのよね。

生意気な態度ばかりとるので、ときどき忘れそうになるが。いつも自分の背丈《せたけ》の何倍もある書架の間をうろうろしている（ときには梯子《はしご》をかけて本を上げ下ろししたりする）懐が、どんな夏休みを過ごすのだろう。

──麦わら帽子《ぼうし》を被《かぶ》せて、虫獲《むしと》り網《あみ》を持たせて、肩《かた》から虫かごを提《さ》げたりしたら似合いそうよね。蝶ネクタイはやめて、ランニングシャツにして。見た目は男の子と変わんないんだから。

「美春、何か失礼な想像してただろ」

懐がとがった声を出す。大変に失礼な想像をしていた美春は、ぶんぶんと頭を横に振《ふ》った。

「──特に予定はないよ、史郎」

美春の反応に納得《なっとく》したわけではないだろうけれど、懐は史郎のほうに向き直り、返事をした。

「そうか、それはよかった。近々、僕たちは湖の近くでキャンプをするんだ。よかったら、懐もいっしょにどうかなと思って」

言葉が終わるか終わらないかのうちに、美春は手近な書架の陰《かげ》に史郎を引っ張りこんだ。

「ちょっと、嵯峨くん、秘密を要することじゃなかったの？　部外者に活動内容を知られちゃまずいんでしょ！」

声をひそめて叫《さけ》ぶ。

「いえ、それはそうなんですけれど……」

史郎、珍《めずら》しく歯切れが悪い。

「何やってるのさ、美春？　僕に隠《かく》れて、こそこそと」

まだ一一歳の子どもということを差し引いても大きな頭がひょいと覗《のぞ》く。丸い目を白目がちにして、口をやや尖《とが》らせて。

「どうかな、懐？　いっしょに行かないかい？」

それまでの展開などまったくなかったかのような笑顔《えがお》で書架の陰から出た史郎が訊《き》く。

「キャンプ……キャンプね……。書斎派《しょさい》だからな、僕」

腕組《うでぐ》みをし、しかつめらしい表情で首をひねる懐。

一一歳の子どもが書斎派——。吹《ふ》き出しかけた美春を、懐が白い目でにらむ。

「書斎派の人間にも、たまには気分転換《てんかん》が必要だよ。湖の脇《わき》だから、いつでも泳げる」

「僕、肌《はだ》が弱いから、泳ぐのはちょっとね」

肌が弱い——。キャラクターに似合わない懐の発言だが、よく考えてみれば、ソバカスが目立つということは、それだけ肌が白いということになるのかもしれない。

「美春、いま僕のソバカス数えただろ」

「そんなこと、してません！」

見ただけよ、見ただけ——。胸のなかで付け加える美春だ。

「日焼け止めなら用意できるよ。つばの広い帽子、パラソル、なんなら、サングラスも」

「うーん」

「泳ぐ他にも、釣《つ》りができるな」

「魚は、テーブルに載《の》ってるのしか興味がないよ。それも、ツナサンドだけ」

「あれ、スモークサーモンは嫌《きら》いだったっけ？」

「……スモークサーモンも。史郎、あまり細かいことに拘《こだわ》るのは——」

「女にモテない？」

「——大物になれないって言おうとしたんだよ。まったく、史郎ったら……」

口の中で何やらブツブツ言いながら、懐は書架の本を並べ直し始めた。

「場所は半月湖のほとり、二泊《はく》三日か、三泊四日を考えてる。参加するのは陽さんと出雲さんと僕、それから大学のお姉さんが二人」

「史郎、やらしい」

背中を向けたまま懐が答える。

「泳ぎ、釣り、それから、ボートで遊べるし、ダイビングも試《ため》せるよ」

「あまり興味ないな」

「三度の食事の他《ほか》に、午後三時と夕食後にお茶が出る。僕が用意するんだけど、今回は人数が多いからね。手伝ってもらえると、助かるんだけどな」

「なに、美春って家事できないの？」

「ちょっと——」

思わず反論しかかった美春を、史郎が目配せで制した。

「どうかな、僕の手伝い？　もちろん、エプロンは用意するよ」

いつの間にか、懐の手が止まっている。

「もしも……もしも史郎がどうしてもって言うんなら、二、三日くらい空けられるかもしれないよ？」

「じゃあ、どうしても」

笑顔で答える史郎。

「あーあ、しょうがないな、史郎は」

懐は肩《かた》をすくめると、こちらを向いた。ソバカスの浮《う》いた顔に赤みがさしている。

「手伝ってあげるよ、三日か四日だけ。史郎がどうしてもって言うんじゃね」

声にも、隠し切れない嬉《うれ》しさがにじみ出ている。

——あっ……この子も、ちょっとは、かわいいかも……。

「それに、美春は皿洗いもできないらしいから」

訂正《ていせい》——。やっぱり、かわいくない。生意気だし、憎《にく》まれ口ばかりきくし。

横を見ると、何がおかしいのか、史郎が口許《くちもと》に手を当てて笑いを堪《こら》えていた。


今度の〝練習試合〟には懐も同行することに決定した。詳《くわ》しいことは決まりしだいお知らせします——。中央図書館を出たところで史郎と別れ、美春はいったん高等部へ戻《もど》った。だいぶ遅《おそ》くなってしまったが、図書館に寄って、例の藺浦猟月シリーズを借りるためだ。

——あーあ、三日だか四日だか、あの生意気なのといっしょか。

そこで、はたと気付く。部屋割はどうするのだろう？　陽介と史郎はテントだと言っていた。花村《はなむら》真由美と吹雪桂の依頼《いらい》人コンビでひと部屋だろうから、残った懐と美春が同じ部屋を使うのが常識的判断ということになる。

——頭痛い……。

ため息をつきつつ、高等部図書館の書架《しょか》を漁《あさ》る。やはり藺浦シリーズは人気があるらしく、大部分が貸出中だったが、犯罪鑑定家《かんていか》・宗像紫影が初登場する巻が残っていたので、それを借りる。それから『そして誰《だれ》もいなくなった』も。ミステリーというのは苦手だけれど、花村真由美たちと話す時にまったく予備知識がないというのもまずいだろう。

図書館を出て、まっすぐバス停に向かう。

——あーあ、今年は剣持さんといっしょに合宿できる最後の夏なのに。

高等部生徒会長・剣持薫は、また、茶道部の部長でもある。生徒会役員になったのと同じ理由で、美春は茶道部の部員でもあった。——今年の三月までは。取得単位数に関《かか》わってくるため、真輝島学園では部活の掛《か》け持ちは禁止されている。潜入捜査《せんにゅうそうさ》のための偽装《ぎそう》とはいえ、お宝発掘《はっくつ》部の部員となった美春は、自動的に茶道部を退部ということになってしまった。いや、潜入捜査を決意した時は、ほどなく《お宝発掘部の実態が明らかになる→お宝発掘部廃部《はいぶ》→美春は（剣持の賞賛とともに）めでたく茶道部復帰》というシナリオを描《えが》いていたのだが、いまのところ、それが実現するのがいつの日になるのか、予想もつかない状態だ。

——去年の合宿、楽しかったな……。

運動部と違《ちが》ってトレーニングを必要とするわけでもないのに、合宿で何をするのかといえば、禅寺《ぜんでら》で寝起《ねお》きして、座禅《ざぜん》を組んだりした。また、講師を呼んで、仏教と茶道の関係などについての講義を聴《き》いたり、石庭の見学をしたり。もちろん、夏休み中の行事らしく、自由時間には泳ぎに行ったりもしたのだが。ちなみに、京都やら奈良《なら》やらに出掛けたのではなく、〝真輝島の小京都〟と呼ばれる一角でのことだ。

——せっかく、新しい水着、買ったのに。

きれいなマンダリンオレンジのビキニ。新学年が始まって、剣持が引き続き茶道部の部長を務め、自分も部活を続けると決めてすぐ、買い求めた物だ。ちょっと大胆《だいたん》かなと思わないでもなかったけれど、部活でも生徒会活動でも目立っているとは言えない美春としては、剣持に対して少しでも存在をアピールしたくて、思い切って買ったのだ。もっとも、剣持が多少大胆な水着姿ぐらいでなびくとは思えないし、なびいたらなびいたで、がっかりしてしまうのだが。

――でも、いっしょに行くのが堀田くんと嵯峨くんじゃ、それこそ〝宝〟の持ち腐《ぐさ》れよね。自分の水着姿を〝宝〟と言ってしまうあたり、さり気に図々《ずうずう》しい美春だったりする。

その時、傍《かたわ》らの植込みがガサガサと音を立てた。野良イヌか、野良ネコか。思わず、ぴょんと跳《と》んで距離《きょり》をとっている。

――えっ？

だが、美春の予想に反して、植込みの葉の間から顔を出したのは人間だった。リボンで結んだツーテールを白い帽子《ぼうし》から垂らした、丸いメガネをかけた女の子。

丸いメガネフレームの向こうに見える丸い目があたりを見渡《みわた》し、美春と視線がぶつかると、無気味に細められる。美春が全身を強ばらせている間に、女の子はガサガサと枝葉を鳴らして植込みから出てきた。帽子と同じ白い服（サファリルックというやつだ、たぶん）を着込んだ、縫《ぬ》いぐるみを思わせる小柄《こがら》な――というよりコンパクト設計の女の子。何歳なのだろう。懐が小学五年生だが、あれよりも小さいのではないか。表情は妙に大人びているが。

「高等部二年Σ《シグマ》組、出雲美春さんね？」

キンキンした声で訊《たず》ねる女の子。怪《あや》しい奴《やつ》だとは思ったが、なにしろ根が正直な美春は、おずおずとうなずいた。

「あたしは高等部二年Ξ《クシ》組、オオバ・アツコ。隠《かく》された真相を暴《あば》き出す女よ」

女の子はグッと胸を張った。

——高二？　中二じゃなくて？

美春が最初に考えたのは、この奇妙《きみよう》な少女はお宝発掘部の関係者ではないかということだった。天然系の考古学部助教授とか、〃教授〃と呼ばれている助手とか、本に書かれている内容にはまったく興味のない中央図書館の主とか、まあ、いろいろといることだし。

——ううん、見た目と声がちょっと変わってるだけでしょ。

色メガネで見てはダメと自分に言い聞かせつつも、「見た目と声がちょっと変わってるだけでしょ」と思ったそばから、「いまのところは」と付け加えてしまう自分が悲しい。

——そう、そうよ、これもお宝発掘部の影響《えいきよう》よ。早く実態調査を終わらせて、社会復帰しなくちゃ。待っててください、剣持さん！

「盛り上がってるところ悪いんだけど、あたし、あなたの正体知ってるのよ、出雲さん」

——えっ……？

正体……。日常生活ではあまり、というか、まず使わない単語だ。

「そして、あなたが何を企《たくら》んでいるのかも、お見通しなのよ、生徒会書記の出雲美春さん」

「ちょっと――」

美春が生徒会の書記で、クラブの実態調査に関《かか》わっていることは、同じ役員をはじめとして、クラスの親しい友だちとか、何人かが知っている。秘密というほどのことではないのだから、このオオバ・アッコという少女が知っていたとしても、不思議なことではない。しかし、現在携《たずさ》わっている調査対象であるお宝発掘部の二人には、絶対に知られてはならない。なにしろ、潜入捜査なのだから。

では、オオバ・アッコはいったい何の狙《ねら》いがあって、美春の素性《すじよう》のことを持ち出したのだろうか。しかも、「正体」などという仰々《ぎようぎよう》しい言い方をして。

「常識ってやつに目を曇《くも》らされた一般《いつぱん》生徒は考えてもみないようだけれど、出雲さんはおかしいと思ったことはないかしら？　一学年二四クラス、高等部だけで七二クラス、三六〇〇人を数える生徒を、七人しかいない生徒会で捌《さば》き切れるなんて、不自然じゃないかしら？」

確かに、各学年にAからΩまで二四クラス、幼稚舎《ようちしゃ》から大学院まで抱《かか》えた真輝島学園は、世界にも類を見ないマンモス学園である。しかし、そこに生徒会があって、生徒のためのいろいろな仕事をしていることは不思議でも何でもないだろう。

――何といったって、剣持さんが会長なんだし。

「密約――。そう、生徒会は密約を交《か》わしたのよ」

「正体」もそうだが、「密約」というのも、平凡な高校生である美春にとっては縁のない単語だった。それでも、一人でしゃべらせておくのも悪いかなと思わないでもないので、いちおう訊《き》いてみる。

「密約って誰《だれ》と?」

「宇宙人」

美春の思考回路に元どおりの電流が流れるのに数秒を要した。宇宙人……生徒会が宇宙人と密約……。思考回路からいったん電流を切って、もう一度つなぎ直したからというわけでもないだろうが、これまでこぼれ落ちていた記憶《きおく》が明瞭《めいりよう》に蘇《よみがえ》る。

「二年E組・大庭《おおば》厚子《あつこ》さん、陰謀《いんぼう》研究会会長……」

そう、クラブ実態調査の分担打合わせの時に話題に上ったクラブの一つ、陰謀研究会の会長が、この大庭厚子だ。話題に上ったのは、もちろん、このクラブの実態調査を誰も引き受けたがらなかったからだ。

ありとあらゆる陰謀が横行する現代。人びとの目を欺《あざむ》く謀略《ぼうりやく》の実態を暴き、真実を明らかにする——。こんな内容がよく通ったものだと呆《あき》れるような設立趣旨《しゆし》だが、なんとなくお宝発掘《はっくつ》部の設立趣旨に似ているところが、美春の頭痛を悪化させる。横行する陰謀の黒幕として、ナチスの残党とか怪しげな秘密結社などと並んで、そう、確かにNASA《ナサ》と宇宙人も挙げられていた。この一、二か月の間に、非常識なものにはずいぶん慣れたつもりだったが——。

──関り合いにならないほうがいいわね……。

相手を刺激《しげき》しないようにそっと後退《あとずさ》り、距離《きょり》をとるようにする。

「三六〇〇人の学生をコントロール下に置くために、生徒会長は宇宙人と密約を結んだのよ。生徒会室の地下には、宇宙人の死体とUFOの残骸《ざんがい》が隠されている──」

「隠されてません！　密約も結んでいません！」

穏便《おんびん》にこの場から立ち去るつもりだったのに、生徒会長──剣持の名前が出ると、思わず反論してしまう美春だった。

「じゃあ、どうしてあなたはお宝発掘部に入部したの？」

「それは……」

実態調査に完璧《かんぺき》を期すための潜入捜査《せんにゅうそうさ》だとは言えない。

「生徒会長の密命を受けてのことでしょう？」

「違《ちが》います」

残念ながら、剣持は美春に特に何かを命じるというようなことはしない。

「そして、お宝発掘部が出掛《じか》けるのは、半月湖！」

「どうして、それを？」

言ってしまってから、口を押さえる。依頼《いらい》内容については部外者に漏《も》らしてはいけないはずではなかったか。たとえ、自分から話さなくても、相手の言葉が事実であることを認めてしまったのでは同じことだ。

「真輝島学園の敷地《しきち》内で最大のミステリースポットの一つが半月湖なのよ。――見なさい」

厚子はサファリジャケットのポケットから折り畳《たた》んだ紙を出して広げた。地図だ。

「半月湖。名前のとおり半月の形をしているわ。しかし、飛行機で上空から見ることのできなかった昔の人間が、どうしてこの湖が半月形をしていることを知ったのかしら？　これは、人類が飛行手段を持たない時代に、すでに宇宙人と交流があったことを示しているわ」

――違う……それは違うって……。

地図を見れば、半月湖のすぐ脇《わき》から狭い間隔で等高線が入っている。つまり、近くに山があるということだ。そこから見れば、湖の形くらいすぐに判《わか》るではないか。地図の見方なんて、小学校の社会科の範囲《はんい》のはずだ。

「そして、湖の周辺ではUFOの目撃《もくげき》例も多い。他の怪奇《かいき》現象の報告もある。半月湖が宇宙人の基地であることは明らかかね」

どこが明らかなんだか――。思ったけれど、口に出さない。これ以上、深く関り合いになりたくないからだ。さっきは剣持の名前に反応してしまったが、そろそろ帰ろう。だいぶ暗くなってきたことでもあるし。再び後退りを開始する。

「そして、お宝発掘部も、UFO関連の何かを狙《ねら》っているのよ」

自信ありげな、というより熱に浮《う》かされたような大庭厚子の断言。恐《こわ》い。しかし、ちょっと気になる。いつかの発掘現場やお寺の見学が、実はまったく別の目的を隠《かく》していたように、今度の沈没《ちんぼつ》船引揚《ひきあ》げにも何かが隠されているのだろうか。

「そこで出雲さん。あなたに命令します。お宝発掘部の行動を逐一《ちくいち》報告しなさい」

「どうしてあたしがそんなことを——」

「命令に従わない場合は、あなたの素性《すじょう》を発掘部にバラすわよ。あなたが生徒会の密使だと知ったら、彼等はどうするかしらね？」

まずい。大庭厚子の言っていることの半分以上は勘違《かんちが》いだが、それでも、美春にとって都合の悪い展開を引き起こすことになる。自分が潜入調査員だとバレてしまったら、お宝発掘部の実態調査はおじゃんだ。実績を上げるどころか、「与《あた》えられた仕事も満足にこなせない駄目《だめ》な奴《やつ》」のレッテルを貼《は》られて終わりだろう。剣持が何と思うか——。

「ダメ！　それだけはダメ！　黙《だま》ってて、お願いだから！」

「じゃあ、言うことを聞きなさい」

「でも……」

生徒会役員であることを陽介や史郎に知られるのはまずい。しかし、沈没船引揚げについて、部外者に知られるのもまずい。依頼人のプライバシーに関わることだし、「努力」「正直」「誠実」が信条の美春である。

「ほら、ちゃっちゃとメモをとる！」

真面目《まじめ》な性格が災《わざわ》いして、とりあえずは言われたとおりにしている美春だ。

「フフフフ……。見ていなさい、お宝発掘部。積年の恨《うら》み、今度こそ晴らしてやるわ！」

星の出ている空を見上げて高笑いする大庭厚子。ある意味では、彼女もお宝発掘部の関係者といえるだろう。どんなものであれ、〝関係〟があれば関係者だ。協力者ばかりとは限らない。

——どうしたら……出雲はどうしたらいいんですか、剣持さん！

美春はメモ帳を片手に頭を抱《かか》えた。


「彼女が屋形建太郎の娘《むすめ》であることは確認《かくにん》がとれた。あの日、《コンスタンス・カルミントン》号が半月湖に沈《しず》んだことも確からしい。数年に一度って規模の超《ちょう》大型台風の直撃《ちょくげき》を受けて、真輝島学園の敷地は暴風圏《けん》の真っ只中《ただなか》だった。むしろ、屋形氏がクルーザーといっしょに海の藻《も》屑《くず》ならぬ湖の藻屑とならなかったことこそ僥倖《ぎょうこう》だったたってことだね」

「そうか」

クラブ棟《とう》の屋上。テントの脇で焚《た》き火代わりのランプを挟《はさ》んで向かい合う陽介と史郎。手にはコーヒーのカップ。

「屋形氏の年齢《ねんれい》を考えると、娘にしては若すぎるんじゃないかと疑いもしたんだけどね。年をとってからの初めての子どもだったんで、ずいぶん可愛《かわい》がっていたらしいよ」

「そうか」

「いまのところ、問題らしい問題はなし。明日にでも、半月湖の下見に行ってこよう」

「そうだな」

「それで、僕がいま何をやっているのかってことなら、ネットサーフィンってやつね」

「そうか」

「なかなかいないもんだね、かわいい女の子を描《か》ける人はいくらでもいるんだけど、埋《う》もれたお宝ってところまでは、なかなか……」

「そうか」

「――何、陽さん？」

「自分で描けばいいじゃないか。史郎は、絵、うまいだろ」

「僕は別に、かわいい女の子の絵が欲しいわけじゃないよ。かわいい女の子もそうだけど、ほんとうに絵が描ける才能を見つけたいんだ。そうじゃないと、お宝を発掘《はっくつ》したことにならないからね」

「そうか」

「お代わり、どう？」

陽介の差し出したカップ、続いて自分のカップにコーヒーを注《つ》ぐ史郎。

「――マンガ家になりたかった頃《ころ》もあったんだけどね」

目を伏《ふ》せるようにして史郎が言う。

「絵はそんなにまずくなかったと思う。ただ、描きたいもの、描きたいことが見つけられなくてね。なんとなく絵だけを描いていることに満足できなくて、やめちゃったんだ」

「そうか……」

「想像力が足りないのか、感受性が鈍《にぶ》いのか、要するにロマンチストじゃないんだな、僕は」

「史郎は……」

「何、陽さん？」

「いい奴だ」

「ありがと、陽さん」

しばらくは沈黙《ちんもく》がその場を支配する。

「ところでさ、夏になるたびに訊《き》いてるような気がするんだけど、また炒飯《チャーハン》でいいわけ？　食欲があるのはいいことだと思うけど、もう少し涼《すず》しげな物を食べたいとか思わない？　コーヒーだってホットだし」

「涼しげな物って何だ？」

「素麺《そうめん》とか、冷奴《ひややっこ》とか、そんなの」

「――このあいだ、史郎が作った〝冷やし炒飯〟は不味《まず》かった」

「ごめん、あれは忘れてよ、陽さん。ほら、ちょっと前に〝冷やしカレー〟なんていうのが流行ったことがあったから、炒飯でも出来ないかなと思ったんだけど、失敗だったね。もう、やらないから、勘弁《かんべん》。新しい料理の発見は、お宝発掘部にも難しいね」

「そうか」

2

連休前に買ったウォーキングシューズが無駄《むだ》にならなくてよかった。ちょっと値段は張ったけれど、確かに歩きやすくて、あまり疲《つか》れない。多少の山道くらい、何のその。それはいいのだ。それはいいとして——。

——どうして、沈没船《ちんぼつせん》を引き揚《あ》げるのに、山に登らなくちゃいけないのよ！

このあいだは、地図の読み方も知らない大庭厚子に内心で呆《あき》れた美春だったが、実は自分も、《コンスタンス・カルミントン》号が沈《しず》んでいる半月湖がどのような地形のところにあるかを地図から読み取っていなかったのだ。

——まさか、山の上にあるなんて……。

悔《く》やんでも、後の祭りである。

春の発掘見学は〝ハイキング〟だったが、今度はかなり〝登山〟に近かった。しかも、そろそろ本格的な夏も到来《とうらい》しようという時季。シャツの袖《そで》をまくっても、額はうっすら汗《あせ》ばむ。

振《ふ》り返れば、この一週間ほどは目まぐるしく過ぎていった。

まず、スキューバダイビングの手ほどきを受けた。お宝発掘部の人脈なのだろう、ダイビング部に紹介《しょうかい》され、インストラクター資格のある部長から学科と実習——道具の使い方から実際に潜《もぐ》るまで、ひと通りのことを教わった（念のために言っておくと、体育の授業で使うのと同じ、スク水を着ていった。新しい水着を下ろすのは、なんとなくもったいないような気がしたので）。実際に装備を身につけ、プールでエントリーや潜降《せんこう》などの練習をしてみると、思ったよりも難しくなかった。特に運動神経が発達しているというわけではないが、体を動かすことはそんなに嫌《きら》いではない。プールで基本的な動きに慣れると、次は海での練習だった。ビーチから海に入る。沖《おき》に出たボートから海に入る。こういうとき、敷地《しきち》内にプールだけではなく海まで揃《そろ》っている真輝島学園は便利だ。「なかなか筋がいい」などと部長に言われ、こうなったら、引揚げの手伝いは無理でも、沈没しているクルーザーの探検くらいはやってみようと思うノリのいい美春である。そのへんが、史郎などに言わせれば「お調子者」ということになるのかもしれないが。

そんな合間を縫《ぬ》って、図書館から借りてきた本を読む。犯人はぜんぜん当たらなかった。主人公である繭浦猟月や、犯罪鑑定家《かんていか》・宗像紫影たちのやり取りは、正直ついていけないものがあった。『そして誰《だれ》もいなくなった』は、どうしてそういう結末になるのか、納得《なっとく》がいかなかった。

意外なことに、今回の宝探しに懐は不参加だった。あんなに楽しみにしていたのに。史郎の作ってきた「沈没船引揚げのしおり」の参加者名簿《めいぼ》や部屋割の表に名前がないのに気付いて、訊《たず》ねてみたのだが。

『まあ、家庭の事情っていうやつで――』

少しだけ寂《さび》しそうな笑顔《えがお》でそう言ったきり、史郎は何も説明しようとしなかった。美春もそれ以上は訊かなかった。生意気な子どもではあるが、ちょっとかわいそうかも。どうせ鼻で笑うんだろうけれど、お土産《みやげ》くらい買ってやってもいいかもしれない。――半月湖のそばに土産物屋があればの話だが。

意外といえば、もう一つ。史郎たちは大庭厚子のことを知っていた。

『オオバさんって、大庭厚子さんでしょ、インケン会長の?』

『陰険《いんけん》?』

『陰謀《いんぼう》研究会』

全身を覆《おお》う脱力《だつりょく》感を懸命《けんめい》に振り払《はら》い、美春は話を進めた。

『発掘《はっくつ》部と何か関係あるの?』

積年の恨《うら》み――。時代劇のようなことを言っていたのを思い出しながら訊いた。ひょっとしたらお宝発掘部の悪行の一端《いったん》が明らかになるのでは? 生徒会が宇宙人と密約を交《か》わしているなどと言うような人間の言葉をまともに受け止めても意味がないかもしれないが。

『当然のことですが、陰謀マニアで、どんなことでも裏に陰謀が隠《かく》されていると言う人ですよね。それも、CIAとかモサドとかだけじゃなくて、宇宙人の陰謀なんて話も――』

――はあっ……。

美春に対してだけではなかったらしい。

『出雲さんは、オーパーツって知ってますか?』

『おおぱあつ?』

『《out－of－place artifacts》を縮めて《ooparts》って言うんですが、ある時代や文化の産物であるのは確かなのに、その当時の科学知識や技術の水準からかけ離《はな》れた高度な知識や技術に基《もと》づいて作られたとしか思えない遺物のことです』

あうと・おぶ・ぷれいす……。無意識にメモをとってしまう美春だったりする。

『出雲さんも何かで見たり聞いたりしたことがありませんか? 南極大陸の描《えが》かれている一六世紀の地図とか、恐竜《きょうりゅう》を象《かたど》った土偶《どぐう》とか、解剖《かいぼう》学的に正確な水晶《すいしょう》のドクロとか、千数百年にわたってまったく錆《さ》びないインドの鉄柱とか、二〇〇〇年前の遺跡《いせき》から出てきた電池とか——』

美春にも覚えがある。『世界の謎《なぞ》と不思議』とか、そんな感じの本で見かけた。〝現実に生きる堅実《けんじつ》な女〟である美春としては、苦手な方面だけれど（それにしても史郎、妙《みょう》なことに詳《くわ》しい）。

しかし、なるほど、それで、大庭厚子の携帯《けいたい》電話のストラップに透明《とうめい》なガイコツのマスコットが付いていたのかと納得する。最初に見たときは変な趣味《しゅみ》だと（いや、理由が解っても変な趣味であることに変わりはないが）思ったものだが。

『そういう知識や技術は、超《ちょう》古代に現代を上回る文明が栄えたからだとか、あるいは他の星から来た宇宙人によってもたらされたのだとか、そういう説明がされているわけです。ほとんどは、ヨーロッパの文化尺度を絶対基準にした偏見《へんけん》か、単純な勘違《かんちが》いなんですけどね』

ロマンを求める男にしては、冷めた言い方のような気もする。

『それで大庭さんは、僕たちがオーパーツを盗掘《とうくつ》していると思い込んでるんです。超古代文明や宇宙人の存在を国民の目から隠しておきたい政府の陰謀とかで』

——何故《なぜ》、政府が……？

そういう怪《あや》しげな考えにとり憑《つ》かれた人間が公認《こうにん》のクラブとして活動をしているのだ。いや、怪しげな団体ということでは、お宝発掘部だって人後に落ちないが——。

『——迷惑《めいわく》な話ね』

『いいえ、別に実害もないんで、他人の思想信条に嘴《くちばし》を突《つ》っ込むつもりはないんですが』

『でも、生徒会長が学園支配のために宇宙人と密約を交わしているなんて言うのよ。許せないと思わない？』

『許せないって、どうしてですか？』

きょとんとした顔で訊《き》き返され、説明に詰《つ》まる。

『ええと、つまり、その、生徒会長は、あたしたちが選挙で選んだんだから、それが宇宙人の仲間みたいに言われたってことは、選んだあたしたちが侮辱《ぶじょく》されたのと同じじゃない？　もっと怒《おこ》るべきよ。抗議《こうぎ》するべきなのよ』

自分でも苦しいと思う説明しかできない。

『でも、UFO番組を作っているディレクターやUFOの解説書の著者に対して、アメリカ国民やNASAの職員が抗議したなんて話は聞いたことがありませんけど?』

涼《すず》しい顔の史郎にも腹が立ってきた。

『だって、陰謀よ? 宇宙人よ? 生徒会長なのよ?』

『おまえ、生徒会長が好きなのか?』

いきなり割り込んできた陽介の声に、美春の頰《ほお》が燃える。

『そ……そういうことじゃなくて、あたしが言いたいのは……』

『ほらほら、陽さん、出雲さんが顔を真っ赤にして怒ってるじゃない。謝りなよ』

舌をもつれさせる美春を見て、史郎が陽介に言った。

『そうか。――出雲、悪かった』

素直《すなお》に頭を下げる陽介。どうして剣持のことでムキになるのかという疑問はかわせたし、ついでに、どうして大庭厚子の名前を出したのかを訊かれることも避《さ》けられた。美春としては大いに助かったわけだ。

それでも、「お宝発掘部の行動を逐一《ちくいち》報告しろ」という大庭厚子の命令の件は解決されていない。史郎から聞かされた大庭厚子のキャラクターからすると、自分のもたらした情報から何を始めるか解《わか》らない。しかし、自分の隠《かく》している身分を〝人質〟にとられた形になっているので、陽介や史郎には相談できない。もちろん、剣持に相談して〝使えない奴《やつ》〟のレッテルを貼《は》られるなんて論外だし。いったい、どうしたらいいのだろう――。自然とため息が漏《も》れてしまう美春だ。

視線を前にやる。自分の体の倍くらいある荷物を背負った史郎が歩いている。体格的には美春とあまり変わらないのだから、男子としては小柄《こがら》な史郎だが、意外なほどタフだ。ダイビング用品など、今回は出費が嵩《かさ》むので、交通費など削《けず》れるところは削ります――。珍《めずら》しく部長らしい史郎の一声で、膨大《ぼうだい》な荷物は部員が分担して現地まで運ぶことになったのだ。史郎よりも少ないとはいえ、このあいだの発掘《はっくつ》見学の時に比べるとずいぶん重量のある荷物を美春も背負っている。

――重いって言っても、堀田くんに比べれば荷物のうちに入らないんだろうけど……。

後ろを振《ふ》り返る（つまり、肩越《かたご》しに後ろが見える程度の荷物しか背中にはないわけだが）。自動車一台分くらいあるのではないかという大荷物を背負った陽介が、あいかわらず口をへの字に曲げたまま、黙々《もくもく》と山道を登ってくる。もちろん、への字口は、荷物の重さが原因ではないだろう。荷物は工事現場で見るようなシートに覆《おお》われ、ロープがかけられている。必要なときには、それらも道具として使われるのだろう。そして、陽介愛用のスコップが、ロープの間に差し込むような格好で括《くく》られている。今回は湖の底、スコップの出番はあまりないように思うのだが。ヒマラヤ遠征《えんせい》隊のシェルパかと思うような荷物を背負っているにも拘《かかわ》らず、陽介の着ているのは詰襟《つめえり》の学生服だった。あれだけの荷物の重量でも足りないのか、手にはダンベルを持っている。

——見たことないけど、堀田くんって、まさか寝《ね》るときまで学生服じゃないでしょうね……。

あながちあり得ないことと言い切れないのが恐《こわ》い。

広大な敷地《しきち》内に散らばっている施設《しせつ》を行き来する必要上、真輝島学園内は、交通網《もう》が張り巡《めぐ》らされている。ただし、無料というわけにはいかず、せいぜいが学割だ。今回の半月湖調査も、まず、最寄《もよ》りの鉄道駅で落ち合って、麓《ふもと》の登山口までバスで来て、余裕《よゆう》があれば登山専用の車《しゃ》輛《りょう》などもチャーターできるのだろうが、お宝発掘部には無理だったというわけだ。

——ということは、やっぱり、規則違反《いはん》のお金儲《かねもう》けなんてしてないってことかしら？

しかし、今回はかなり経済的な価値のあるものをめぐる依頼《いらい》だし、それを手に入れるためにやはりかなりお金がかかりそうだし、今度こそ、お宝発掘部の実態に迫《せま》れるかもしれない——。

こういう時でも、生徒会のクラブ実態調査のことは忘れない、真面目《まじめ》な美春であった。

——意外に涼しくなってきたかも……。

けっこうな時間歩いてきて、見ると、最初にバスで来た道が緑の間にひかれた細く白い線になっている。太陽はほとんど真上にあるようだ。

緑の中を歩いている時は、植物の生気にあてられたのか、酔《よ》っ払《ぱら》いみたいにくらくらしそうになったりもしたけれど、蒸し暑いという感じではなかった。直射日光がさえぎられているためだろうか、空気がそんなに熱くなっていないのだ。森林浴というのもほんとうに効果があるかもしれないな——。そんなことを思ったりした。

やがて、陽射《ひざ》しが直接照り付けるようになっても、気温そのものが低くなったのか、汗《あせ》が噴《ふ》き出すような暑さは感じなくなった。けっこう高いところまで登ったのだと実感する。それでも、荷物の重さと山道を歩き続けることで体は熱を帯び、汗は流れるのだけれど。

「出雲さん——」

美春のほうを振り向いた史郎が何か投げたのを受け止める。

「——キャラメル?」

「もうすぐ半月湖に出ます。花村さんたちと落ち合ったら、お昼ですから」

言いながら自分でもキャラメルを頬張《ほおば》る史郎。そういえば、だいぶお腹が減っているのに気付き、ありがたく頂くことにする。もちろん、包み紙はポケットに。

「陽さん——」

史郎が箱ごと放《ほう》ったキャラメルを陽介は片手で受け止め、太い指でちまちまと包み紙を剝《む》くと、まとめてへの字口の中に押し込んだ。

やがて、眺望《ちょうぼう》が開ける。

——こんな湖が学園内にあったんだ……!

とうとう目的の場所まで来た。半月湖。大きな湖だ。これも、地図を見ただけでは読み取れなかったことの一つかもしれない。反対側の岸が見えないくらい大きな湖。大学の演習用の施設《しせつ》もあるにはあるが、満々と水を湛《たた》えた湖面と、そして、森。目を上げればさらに山の斜面が空へ伸《の》びている。

大庭厚子は、半月湖がミステリースポットと呼ばれる理由の一つとして、謎《なぞ》の生物が目撃《もくげき》されていることを挙げていた。湖面にV字型の波をひきながら泳いでいく謎の生物の影《かげ》。長く突《つ》き出《だ》した首。その後ろに複数の瘤《こぶ》状の突起《とっき》が並んでいたという目撃例もある。

『そう、現代に至るまで人類に知られることなく生き延びてきた、古代の首長竜《くびながりゅう》の生残り。名付けて——』

『名付けて？』

『ハンゲッシー！』

——訊《き》かなきゃよかった……。

予想どおりのベタな回答に、心のなかでため息をついたものだ。

——だいたい、生き残った恐竜の住処《すみか》か、UFOの基地か、どっちかにしなさいよ！

しかし、実際に湖を一望できる場所に立ってみると、首長竜の一匹《ぴき》や二匹《ひき》（一頭や二頭？）、隠《かく》れていても不思議ではないくらいの広さだ。大学の施設などがある側は、きれいな浜《はま》になっているが、反対側は切り立った崖《がけ》が迫《せ》り出し、濃《こ》い緑が繁《しげ》っている。水の色は青みがかったグリーン。広さも相当なものだが、深さもかなりあるだろう。こんな湖の中から、沈《しず》んだヨットを見つけ出せるのだろうか。

「さて、もう少し歩きます。花村さんたちが待っているのは、あのへんですから」

史郎が湖の彼方《かなた》——白い浜辺《はまべ》にいくつか並んでいる建物のほうを指差す。

——まだ、あんなに歩くんだ……。

実際に湖を目にした感激とリフレッシュした気分がちょっとだけ萎《な》えてしまう。

「そうか。——行くぞ、出雲」

不意に背中が軽くなる。美春の担《かつ》いでいた荷物を片手で抱《かか》えると、陽介は先頭に立って歩き出した。

「待ちかねたよ、見つけ屋さん」

ビーチハウスというのだろうか、白く塗《ぬ》られた平らな小屋のテラスで吹雪桂が手を振《ふ》っている。傍《かたわ》らでは、花村真由美がテーブルの支度《したく》をしていた。

——ああ、やっとお昼にありつける……。

膝《ひざ》からヘロヘロと力が抜《ぬ》けていく。

「とりあえず、お昼ごはんを済ませることにしましょうか」

苦笑を堪《こら》えながらの史郎の提案が神様の声に聞こえる。陽介もむっつりとうなずいた。

いったん、荷物を下ろし、テーブルにつく。麓《ふもと》から持ってきたのか、それとも大学の演習施《し》設《せつ》で買ってきたのか、リンドイッチや調理パンの類《たぐい》が並べられる。お茶は、真由美がポットで淹《い》れてくれた。

「悪かったね。車は用意できたんだけど、こっちも運ばなきゃなんないものが多くてさ」

桂が親指で示したほうを見ると、ハウスの脇《わき》にワンボックスカーが停《と》めてあった。

「ダイビング用品なら借りられますが、特別な機材が多いですからね、今回は」

食事をしながら、史郎は愛用のノートパソコンをテーブルの上に置いた。

「すみません。食べながら、この後のスケジュールについて、ちょっと説明しておきますね」

みんなが画面を見る。半月湖の地図が表示されている。

「食事の後、荷解きが済んだら、ボートで出てみます。まずは《コンスタンス・カルミントン》号の位置を特定できないと、お話になりませんから」

「ところで、どこから調べるの？　半月湖って、半端《はんぱ》な広さじゃないだろ？」

桂の疑問は、美春も感じていたことだった。最初の打合わせの時にも、沈没《ちんぼつ》地点は不明という話だったのだが。

「このあたりから始めるつもりです」

地図にポイントが表示される。

「――この場所に暗礁《あんしょう》があるとか？」

「屋形氏の手紙に、『湖面の月影《つきかげ》を眺《なが》めつつ』という表現がありましたよね？　半月湖の周囲は、ご覧のとおりの地形ですから、山にさえぎられたりして、実は湖に映った月の見える場所も時間も意外と限られているんです。手紙の日付は八月中旬《ちゅうじゅん》。そうなると、条件を満たす場所は、だいたいこんな範囲《はんい》になります」

説明しながら史郎が条件を打ち込んでいくと、湖面が細かく区切られていき、最後にはかなり狭《せま》い範囲（それでも実際にはかなりの面積だろう）が残った。最初に表示されたポイントは、そのほぼ中央に当たる。

「でも、父がハガキを書いたのと同じ場所にヨットを浮《う》かべていたとは限らないのでは――」

おずおずとした声で真由美が疑問を口にする。

「そのとおりです。それに、あのハガキもヨットの上で書いたとは限りません。山頂から湖面に映る月を眺めながら書いた可能性もあります。しかし、手始めとしては適当ではないかと」

「そうだね。とにかく調べ始めないことには、待ってたって、ヨットが勝手に浮かび上がってくれるわけじゃないんだから」

「ええ。《コンスタンス・カルミントン》号が沈んだあの晩は、難破の原因となった台風がこのあたり一帯を直撃《ちょくげき》しています。――屋形氏はどのへんに流れついたんですか？」

「このあたりだったと聞いています」

真由美が白い指で半月の〝弧《こ》〟の途中《とちゅう》に小さな円を描《えが》いた。

「そうすると、月の見えるポイントから流されて、打ち上げられた岸辺までのどこかで沈没した場合と、どこかに避難《ひなん》する途中で沈没した場合と、二通り考えられますね」

半月の〝弦《げん》〟のほうには、ヨットが嵐《あらし》を避《さ》けるために逃《に》げ込めそうな場所がいくつかあるらしい。距離的《きより》に近いほうから捜《さが》していくことになるのだろうか。

「なるほどね。じゃあ、捜索《そうさく》開始だ」

「ボートは用意していただけたんですね？」

「ああ。すぐにでも出せるよ」

「助かります。経費ももちろんですが、お宝発掘《はっくつ》部のメインエンジンのパワーをまるまる捜索に投入できるのは心強いですから」

〝メインエンジン〟は、最後のコロッケパンを口に押し込んだところだった。

「出雲さん、とりあえず支度をしてください。きょうは水に入るかどうか判《わか》りませんから、船に乗る用意だけでＯＫです」

史郎の作製したしおりによれば、船の上では陽射《ひざ》しと風を防ぐ用意が必要とのことだった。それから、乗物酔《のりものよ》いの予防も。

「部屋に案内するよ」

桂が言う。懐が不参加のためもあって、桂、真由美、そして美春の三人で一つのビーチハウスを使うのだ。

「さて、僕たちも行こうか、陽さん」

再び荷物を肩《かた》に史郎が立ち上がったところで、携帯《けいたい》が鳴った。

「はい、嵯峨です。――うん、さっき着いたところだよ。――うん。うん、そう。――いるよ。替《か》わろうか？――出雲さん、懐です」

差し出された携帯《けいたい》電話を受け取る。史郎の対応から、相手が懐だろうというのは察しをつけていた。自分が行けないので、よけいに気になるのだろう。わざわざ電話をかけてくるなんて、かわいいところもあるではないか。でも、何故《なぜ》、美春に替わるのだろう？

――お土産《みやげ》のリクエストとか？

「もしもし？」

『ああ、美春？　ちょっと訊《き》きたいんだけど、連れの女子大生って、どんな人？』

「はぁ？」

『今度のキャンプ、女子大生ふたりといっしょなんだろ？　それがどんな人だかって訊いてるんだよ』

イライラした声で返事がある。美春は桂と真由美のほうをチラッと見た。

「一人はショートカットで、はつらつとした感じ。もう一人はロングヘアで、おしとやかって感じかな。ショートのほうがロングの人を引っ張っている感じね」

本人がすぐ傍《そば》にいるので、声をひそめて答える。名前をはじめとして具体的なことは何も言えないから、誰《だれ》が見ても解《わか》りそうな外見とかそんなことばかりだ。

『ふーん』

気まずくて、ちょっと重たい沈黙《ちんもく》が十数秒。

『美春、くれぐれも史郎たちの邪魔《じゃま》をしないようにね』

「解ってるわよ。あたしだってお宝発掘部の一員――」

『解ってないなあ、美春は』

舌打ちとため息の二重奏。

『史郎と陽介は、まだ、男の子同士で遊んでるほうが楽しい年頃《としごろ》なんだよ。だから、間に入り込もうとしたりしないこと。女子大生たちが入り込もうとしたら、それとなく牽制《けんせい》するんだよ。

――解った？』

「はいはい」

『そういう言い方って、人をバカにしてるみたいに聞こえるから、注意しなよ、美春』

「――はい」

――なんだかなぁ……。

再び、気まずくて重たい静かな十数秒。

『ところで美春、いいこと教えてあげようか』

「何よ？」

『陽介の水着だけど、六尺なんだよ』

「ろくしゃく……何、それ？」

『褌《ふんどし》だよ、ふ・ん・ど・し。ジャパニーズ・クラシック・パンツ』

——に……似合ってるかも……って、違《ちが》うでしょ！

いきなり脳内に浮《う》かんだビジュアルを、美春は全身に力を込《こ》めて打ち消した。

『ついでに史郎は、イタリアの何とかいうブランドのスーパー・ビキニ・ブリーフだから。色は黒ね』

今度は、想像力が映像を作り上げる前に食い止めることができた。

『まあ、せいぜい楽しんできてよね、美春』

「あんたね、年上に対して、だいたい、それって、セクハラでしょ、女同士だってね——」

電話は切れていた。気がつくと、八つの目が美春を見ている。

「どうかしましたか、出雲さん？」

史郎の差し出した手に携帯電話を載《の》せる。指先が引きつっていた。

「なんでもないです！」

パッと背中を向ける。顔の熱がとれるまで、どれくらいかかるだろう。それにしても——。

——お土産なんて、ぜったい買ってってあげないからねっ！

固く決意するだけでなく、ペンを食い込ませるようにして備忘メモに書き込む美春だった。

桟橋《さんばし》に係留されてあるボートに案内される。《シーガルIII世》と船名が書いてある。このあいだ見たクルーザーより少し大きい。ただしこれはヨットではなく、エンジンが付いている。

「調整とセッティングは沖《おき》に出てからにしよう。とりあえず全部、積んじゃって」

「そうか」

湖底を調べるといっても、いきなり潜《もぐ》って肉眼で捜《さが》すのではなく、超音波《ちょうおんぱ》とかそういったものを出す観測装置でそれらしいものがないかどうかのあたりをつけてから潜るのだ。陽介が担いでいた膨大《ぼうだい》な荷物のうち、食材や調理器具、ダイビングの道具を別にすると、調査のための観測装置と、ヨットを引き揚《あ》げるための道具が大半を占《し》める。

ダイビングの道具は、大学のレジャー科の演習施設《しせつ》から借りられるはずなのだが、陽介も史郎も自分専用の道具を持参している。それほど頻繁《ひんぱん》に水に潜っているということなのだろうか。

——それにしても……。

ボートに荷物を積み込んでいる陽介は、ここまで来ても詰襟《つめえり》だ。しかも、スコップまで持ってきている。湖で何を掘《ほ》ろうというのだろう。

——きっと堀田くんって、スコップといっしょじゃないと眠《ねむ》れないのね。

そして、史郎——。四角い襟《えり》の付いた白い水兵服だ。濃《こ》い色のサングラスをかけ、パイプを咥《くわ》えたらさぞ似合うだろうといったスタイル。

——頭痛ぁ……。

TPOをまるっきり無視する奴《やつ》と、TPOにしっかりと、しかしどこか歪《ゆが》んだ合わせ方をする奴。行動が妙《みょう》なだけでは気が済まないのだろうか、この二人は。

しかし、最初のアロハシャツで免疫《めんえき》がついたのか、桂も真由美も気にしている様子はない。

「出雲さんも、乗っちゃってよ」

言われて、ボートに移る。ヨットパーカーを羽織った桂は、バミューダから長い脚《あし》を伸《の》ばして、てきぱきと機材の積込みを手伝ったりしている。真由美は、涼《すず》しそうな色のサマードレスに白いカーディガン、つばの広い帽子《ぼうし》を被《かぶ》って、一人だけ〝お客さん〟のようだ。

「——凄《すご》いのをもってますね、吹雪さん」

船室に入っていた史郎が声をあげる。覗《のぞ》き込むと、ウェットスーツやエアータンクの脇《わき》に、潜水艇《せんすいてい》のような格好をした小さな黄色い機械が置いてあった。

「水中用のビデオカメラですよ。いま話題の最新モデルですね」

美春の視線に気付いたのか、史郎が説明する。

「ちょっとした冒険《ぼうけん》っていうか、探検だろ？　だから記録をつけておこうと思ってさ。宝探しなんて、そうちょくちょく体験できることじゃないしね」

——アハハハハ……。

桂の言葉に頭を抱《かか》えてしまう。陽介と史郎は、まさに宝探しをちょくちょく経験するためにお宝発掘部《はっくつ》を作ったのだろうから。

「ふつうのカメラもあるけど、操作法、解《わか》る？」

「ええ」

「じゃあ、船を動かしてるときは、嵯峨《さが》くんが撮《と》ってくれない？」

「解りました。吹雪さんは操船に専念してください」

軽い調子で請《う》け負う史郎。いつもパソコンを使っているし、メカは好きなのかもしれない。

「史郎、機材の積込み、終わったぞ」

「ご苦労さま。——では、そろそろ行きましょうか」

「そうだね。《シーガルⅢ世》出港します」

舫綱《もやいづな》が解かれ、最初はゆっくりと、やがて桟橋から離《はな》れるにつれて徐々《じょじょ》に船はスピードを上げていった。史郎は、積み込んだ機材の調整を始めた。

美春は甲板《かんぱん》に出てみた。午後の陽射《ひざ》しは強いけれど、高い場所にあるせいか下のほうにいた時よりは涼しい。いや、ボートがスピードを出しているので、風が吹《ふ》き付けて肌寒《はださむ》いくらいだ。

腕組《うでぐ》みをして前方を睨《にら》みつけている陽介。その脇では、帽子とスカートの裾《すそ》を押さえるような格好をした真由美が、やはり行く手を見詰《みつ》めている。顔にかかる長い髪《かみ》を後ろに払《はら》い除けながら、陽介に何か話しかける。陽介はへの字口のまま真由美のほうを向いたが、何も答えない。

「何のお話ですか？」

エンジンの音と向かい風のせいで、ちょっと大きめの声を出さなければならない。

「堀田さんって、いつも学生服なんですかって」

笑いを含《ふく》んだ声で答える真由美。

「そうですね。このあいだ、縄文《じようもん》時代の遺跡《いせき》の発掘を手伝いに行った時も学生服でしたよ。

——ねっ、堀田くん？」

見ると、視線をあさっての方向にやって頭を掻《か》いている陽介の頬《ほお》がわずかに赤い。

——ちょっとぉ、なに照れてるのよ、堀田くん？

確かに、同性の目から見ても真由美はきれいな人だし、笑顔《えがお》はドキッとするほど魅力《みりよく》的だ。それは解る。しかし、普段《ふだん》の陽介とはかけ離れた反応が、なにか面白《おもしろ》くない。

「照れ屋さんなんですね、堀田さん——」

笑いながら真由美が言うと、陽介は頭を掻きながら後ろを向く。美春、ますます面白くない。

「いつも学生服で、スコップで穴さえ掘《ほ》ってれば幸せな、穴掘りバカ一代なんですから」

「そのスコップですか？　楽しそうですね」

見ると、学生服の背中に愛用のスコップが括《くく》り付けてある。そして、ごつい手の後頭部を掻く動きがいちだんと速くなった。

「よかったら、穴、掘ってみるか？」

「湖に浮《う》かべたヨットの上で、何を掘ろうって言うのよ！　くらだないこと言ってないで、嵯峨くんの手伝いでもしてきなさい！　時間は貴重なんだから！」

真由美にスコップを差し出そうとした陽介を怒鳴《どな》りつける。

「――そうか」

飼い主に怒《おこ》られた小犬のように、すごすごと船室のほうへ行く陽介。

「あらあら、かわいそうに……。出雲さん、彼のことが好きなんですか？」

「まさか！」

出雲には剣持さんだけしかいませんからね――。心のなかできっちりと断っておく。

「あの二人は、まだ、男の子同士で遊んでるほうが楽しいくらいの子どもなんですから」

どこかで聞いたような文句だと思いながら、言う美春。陽介も史郎もまるっきり子どもで眼中にはないというように聞こえただろうか。

「でも、楽しそうですよ」

クスクスと笑いながら真由美が言った。

《シーガルIII世》は予定の地点に到着《とうちゃく》した。船が停《と》まっても、気持ちのいい風は吹いているし、湖面のゆったりした揺《ゆ》れはむしろ移動している時よりもはっきりと意識される。

「――陽さん、始めようか」

史郎の声がする。地図で見てもかなりの距離《きょり》、エンジン付きのボートでもずいぶんかかった。

もしもボートの手配ができなかったら（陽介も史郎も高校二年だから、確か船の免許《めんきょ》はとれないはずだ）、〝お宝発掘部のエンジン〟である陽介にオールで漕《こ》がせてここまで来るつもりだったのだろうか？

——その時は、それこそヨットって手もあるか。でも、あの二人、ヨットできるのかしら？

「手伝うこと、ある？」

「いまのところは、陽さんと僕だけでＯＫです」

機材を甲板に並べながら史郎が答える。

手のひらを二つ並べたくらい——厚みがあるから、ちょうど重箱一段分くらいの大きさの機械とパソコンが、コードで接続されている。パソコンからは別のコードが伸《の》びて、ボートの計器パネルとつながっているようだ。

重箱くらいの機械には、液晶《えきしょう》画面とゲームのコントローラーのようなダイヤルやボタンがレイアウトされ、そこからまた、防水用らしい加工のされたコードが伸びて、先に円筒《えんとう》形の機械が付いている。

「これって、ひょっとしてギョタン？」

「そうです。——魚群探知機。これは釣《つ》り用の魚群探知機に手を加えたものです」

耳慣れない単語を口にした桂に答えながら、美春にも解《わか》るように史郎が説明する。いつもの癖《くせ》で、発掘《はっくつ》部用のメモ帳に説明内容を書き込んでいく美春だ。

「これで湖底の地形や状態を読み取って、候補地をいくつかに絞《しぼ》り、次は磁気探査機も使って詳細《しょうさい》に調査します。実際に水の中に潜《もぐ》るのは、その後ですね」

まだパソコンに繋《つな》がれていない機械が、その磁気探査機なのだろう。

「それで、なんで船とも繋いであるわけ？」

「ＧＰＳから位置データを貰《もら》っていっしょに記録しておけば、今後の作業が楽ですから」

「なるほど――」

「陽さん、セット頼《たの》む」

史郎が言うと、陽介はコードの先の円筒形の部分を持って船首のほうへ行った。長いパイプの先に装置を取り付け、さらにパイプを船首に金具で固定して、水中に浸《つ》かるようにする。

「どうだ、史郎？」

陽介の声に、史郎は魚群探知機やパソコンのスイッチを入れ、ダイヤル類を操作する。明るくなった液晶画面にくっきりした色で不規則な曲線が描《えが》かれる。

「これが？」

「湖底の高低を横から見た図になります。陽さんが沈《しず》めた装置から超音波《ちょうおんぱ》が出て、それが湖底で跳《は》ね返ってくるまでの時間で距離を割り出します」

もっと判《わか》りにくいものかと美春は思っていた。

「バスフィッシングとかで使うものですから、性能もよくて判りやすいんですよ」

美春の疑問を読み取ったかのように史郎が説明する。

「色が違《ちが》うのは、温度差ですか？」

桂の後ろから覗《のぞ》き込んでいた真由美が言う。

「いえ、湖底の状態の差ですね。固い岩盤《がんばん》が剝《む》き出しになっているところと、柔《やわ》らかい泥《どろ》が沈《ちん》殿《でん》しているところでは、超音波の反射も違いますから」

「これ、ひょっとして魚？」

画面に現われた色の違う点を指差して桂が訊《き》く。

「そうです。種類までは判りませんが。――吹雪さん、まずは真南に船を動かしてください。来た時の半分くらいのスピードで」

「アイアイサー」

おどけた声で返事をすると、桂は舵輪《だりん》の前に戻《もど》っていった。

いよいよ宝探しが始まった――。胸がわくわくするのを美春は感じた。

――いけない、いけない。宝探しはあくまでカムフラージュで、あたしの本来の目的はお宝発掘部の調査なんですからね！

とはいうものの、珍《めずら》しく真剣《しんけん》な表情で液晶画面をチェックしている史郎を見ると、期待感のようなものが湧《わ》き上がってしまう。

「やっぱり広いですね、半月湖」

誰《だれ》に言うともなく、真由美がつぶやく。ノートパソコンの画面に表示されているのは半月湖の地図だ。昼食の時に史郎が言っていた場所に赤い点が一つ。これが《シーガルⅢ世》の現在位置だろう。判るか判らないかといったゆっくりしたスピードで動いている。GPSからデータを貰っていると言っていたから、カーナビの水上版といったところか。

「まあ、日が暮れるまでに候補地を見つけられたら、御《おん》の字ってところでしょうね。ただ、山のせいで日没《にちぼつ》が早いですから、微妙《びみょう》なところですが。――陽さん」

「やるか？」

不意に野太い声がした。振《ふ》り向くと、陽介が釣竿《つりざお》を持っていた。

「船が動いてても、釣れるの？」

「魚探の映像よりは、変化がありますよ、たぶん」

途中《とちゅう》で何度か進路の指示を出した以外は、史郎は画面の前から動かなかった。

むすっとした表情で釣糸を垂れている陽介の隣《となり》で同じことをしていると、自分もあんな不機《き》嫌《げん》そうな顔になっているのかと心配にもなってしまう。

「釣れますか」

「釣れない」

さすがに体の強ばりをほぐしたくなったのか、史郎が美春たちの後ろまで来て、声をかけた。

振り返ると、魚探の前では、真由美が真剣そのものという表情で画面を見詰《みつ》めている。友だちのそんな様子が面白《おもしろ》いと思ったのだろうか、桂が舵輪を握《にぎ》りながらカメラを向けた。

「――指示どおり、最初の場所まで来たはずだよ、嵯峨くん」

桂が声をかける。言われて周囲を見ると、山の形や岸辺の建物の位置に見覚えがある。

――でも、そろそろ日が暮れちゃうんじゃないかしら……？

「それじゃ、ちょっと説明します」

史郎が魚探のほうへ戻る。美春も後に続こうとしたが、手の竿をどうしたらいいか解《わか》らない。

「貸せ」

もぎ取るようにして陽介が美春の手から竿を取り、手際《てぎわ》よく片付け始める。

「あ……ありがとう」

「そうか」

どこかピントのずれた返事をする陽介。

やがて魚探の前に全員が集まった。

「最初に屋形氏が《コンスタンス・カルミントン》号を浮《う》かべていたのではないかと推測される地点を中心に、屋形氏が発見された岸の方向へ至る途中で船が沈んだものとの仮定に基《もと》づいて探査した範囲《はんい》で、形状、サイズ、材質などの観点からヨットが沈んでいる可能性がある地点を三か所、ピックアップしました」

　史郎がパソコン画面上の地図に記された点をクリックすると、そこで観測された超音波の反《はん》響《きょう》データが表示された。なるほど、ゆるやかに起伏《きふく》する湖底を表わす曲線に、ぽこっと飛び出たこぶのような部分がある。画面隅《すみ》に表示されているスケールから判断すると、確かにクルーザーくらいの大きさになるようだ。

「この三か所を重点的に再調査します。今度は超音波だけではなく、磁気探査機も使います」

　やはり、積み込んだもう一台の機械が磁気探査機だったらしい。魚群探知機よりだいぶ大きな機械だ。

「とりあえず、いちばん近いところから、桟橋《さんばし》に向かうコースで調べていきましょう。調査が詳細《しょうさい》になりますので、各ポイントで船を止めてください。位置はＧＰＳのほうに出します」

「解ったよ」

「陽さん、磁気探査機の設置をよろしく」

「そうだな」

　桂と陽介がその場を離《はな》れる。

「あたしは？」

「とりあえず釣《つ》りでも」

「…………」

再び釣竿を手に甲板《かんぱん》に突《つ》っ立っているうちに、《シーガルIII世》は最初のポイントに着いた。

水中での作業のためか、陽介が背中からスコップを外し、詰襟《つめえり》の上着を脱《ぬ》いだ。

——ええっ、ひょっとして、あの、堀田くんって、つまり、六尺が……。

慌《あわ》てて背中を向ける。

——うわわわわっ！

「へえ、いい体してるじゃない」

桂の声が、美春の想像力を呼び覚ます。

「陽さん、接続完了《かんりょう》したよ」

「そうか」

ぺたぺたと裸足《はだし》の足音をさせて陽介が美春の背後を歩いていく。

「——出雲、道あけろ」

すぐ後ろで陽介の声がして、美春は前に出るわけにもいかず（前は湖だ）、陽介に背中を向けたままゆっくりと方向を変える。肩越《かたご》しに、チラッと陽介の姿が目に入ってしまう。

——な……なあんだ……。

学校の水泳の授業で使う海水パンツの裾《すそ》を長くしたような（いや陽介なら、学生服のズボンを膝《ひざ》のところで切ったようなと表現したほうがふさわしいか）、そんな格好である。

——まったく、あの子ったら、人騒《ひとさわ》がせなんだから！

ホッとすると同時に、懐に腹を立てる。

「おい、出雲、道をあけてくれ」

「あ、はいはい、ごめんなさい」

飛ぶようにして道をあける。目を逸《そ》らす必要がなくなったので、動きはスムーズだ。

陽介の担《かつ》いでいる重たそうな機械には、計器と信号をやり取りするためのコードの他《ほか》に、ロープが結《ゆ》わえ付けられている。結び目などを確認《かくにん》してから、慎重《しんちょう》そうな手つきで船縁《ふなべり》から水面に下ろした。手を離すと、すぐにロープはぴんと張り切った。真由美も興味深そうな、というよりどこか不安げな表情で様子を見ている。

「下ろしたぞ、史郎」

「了解《りょうかい》、陽さん。――うん、きれいに出てる。問題なし、というより良好だね」

「ひゃー。こっちは、魚探と違《ちが》ってちょっと解りにくいな」

桂の声に好奇《こうき》心を刺激《しげき》され、また覗《のぞ》きに行く。やはり液晶《えきしょう》画面なのだが、汚《よご》れのような模様のようなはっきりとしない黒い点々がいくつも散らばっているだけだ。

「磁力でヨットの沈《しず》んだ場所が判《わか》るの？　鉄で出来てるわけじゃないんでしょ？」

「まず、湖底の磁気パターンの乱れを探ること。ふつうの水の流れや堆積《たいせき》作用で形作られた磁気パターンから外れるものがあれば、それは前はそこになかったものが突発《とっぱつ》的に現われたことが原因である可能性が高いことになります。それから、船体はＦＲＰなどで造られていても、安定を保つためのバラストは金属ですし、発電機や配線などに金属が使われています。そういったものは磁気探査機に反応します」

ふんふん――。うなずきながらメモをとる美春。お宝発掘部《はっくつ》に入ってから、いろいろ勉強になることが多い。試験に出るわけではなく、実生活でもあまり役立つ機会のなさそうな知識ばかりではあるが。

「魚探で解《わか》った湖底のクルーザーかもしれないものに、磁気の反応があるかどうかを皮切りに、もっと詳細な形状を調べたりして絞《しぼ》り込んでいきます。ですから、ノイズを避《さ》けるためにボートのエンジンも切ってもらったわけです。――陽さん、魚探のほう、一メートル下げて」

史郎の指示に従い、陽介が船首のパイプを下げ、音波の受発振器《じゅはっしん》をさらに水中深く突っ込む。

液晶画面の表示が変わる。

「磁気のほう、もう二メートル下げて」

今度は船体中央に行き、ロープをゆっくり送っていく。

「すみません、吹雪さん、船を少し動かしてもらえますか」

「アイアイサー」

魚探と磁気探査機、そしてGPS。三つの情報を見比べながら、史郎が次々に指示を出す。

陽介と桂は大忙《おおいそが》しだが、美春にはやることがない。かといって、液晶画面の表示内容は劇的に面白《おもしろ》いというわけではないし、いまさら釣糸《つりいと》を垂れるのもちょっと――。

見ると、真由美が史郎の背中に貼《は》り付くようにして、画面の変化を真剣《しんけん》に見守っている。いまの真由美にもできることはほとんどないだろうが、やはり自分の依頼《いらい》、しかも父親の遺品とでも呼べるようなものを見付け出そうというのだから、真剣さの度合が違《ちが》うのだろう。

――そうね。たとえいますぐできることがなくても、対応する準備だけはしておかなくちゃ。いつ何を指示されても慌てないように、心の準備だけはしておこう――。反省メモにそう書き込み、深くうなずく美春だった。

「《コンスタンス・カルミントン》号かどうかはともかく、この場所にほぼ同サイズのクルーザーが沈んでいるのは確かです」

三つの画面を示しながら、史郎はそう結論づけた。半月湖の中央よりやや西よりの地点だ。超音波《ちょうおんぱ》が捉《とら》えた形状、磁気が示す金属反応、どちらも史郎の推論を裏付けている。

「あ、そうか。いまのいままで考えてもみなかったけど、沈んでるのは真由美の親父《おやじ》さんのヨットだけとは限らないんだな」

「そうです。もっとも、漁業や交通のために頻繁《ひんぱん》に船が行き来する場所ではありませんから、そう何隻《なんせき》も何艘《なんそう》も沈んでいるとは思えませんが」

「それを確かめるためには――」

「潜《もぐ》ります」

きっぱりとした声で真由美が言った。

「遅《おそ》いぞ」

「堀田の言うとおり、かなり遅い時刻になっちゃいましたから、明日にしませんか？　船の場所は水深約五〇メートル、通常のスキューバダイビングで潜れるぎりぎりの深さですし——」

言葉の最後が曖昧《あいまい》に消える。無理もない。立ち上がった真由美が帽子《ぼうし》を取り、カーディガンを脱《ぬ》ぐと、サマードレスのジッパーを無造作に下ろしたのだ。下に水着を着ているのは、ビーチハウスで支度《したく》をしている時に見ているのに、美春までドキッとしてしまった。いかにもおしとやかな雰囲気《ふんいき》をもっている真由美が大胆《だいたん》なふるまいをしたからだろうか。

「どうにかならないかな、嵯峨くん？　真由美って、一度言い出すと聞かないから」

——あら……？

その真由美に、桂がビデオカメラを向けていた。確かに映画みたいに絵になる場面ではあったけれど、真由美のほうは抵抗《ていこう》がないのだろうか。

「——では、確認だけですよ。沈んでいるのが《コンスタンス・カルミントン》号かどうかだけ確認したら、すぐに戻《もど》ってきてください。——陽さん、頼《たの》む」

「あ、あたしがいっしょに行くよ。ビデオでバッチリ撮《と》ってくるから、二人で大丈夫《だいじょうぶ》」

自分たちだけで充分《じゅうぶん》だと言う桂をよそに、陽介は支度のためにその場を離《はな》れようとした。

「出雲、行くか？」

ギョロ目が美春のほうを見ている。実は、ずいぶんと長い間やることもなしに待っていたので、何かできるなら、すぐにもやりたいという気持ちになっていた。特にダイビングは、練習で「筋がいい」などと言われたものだから、できれば実際の〝沈没船《ちんぼつせん》の宝探し〟の一部なりとも体験してみたかった。

「――でも、時間が遅くなっちゃったんでしょ？　いいの？」

桂と真由美、そして史郎のほうを見て言う。

「こう言うと出雲さんに失礼ですけれど、実際の引揚《ひきあ》げ作業をする段階になったら、慣れている人間がどんどん進めていかなければならなくなるでしょう。ですから、初心者がゆっくり水中を散歩したり、沈没船を見物したりできるのは、最初のうちだけだと思うんです」

――作業が本格的になったら、あたしは足手まといってことか……。

ちょっと傷つく指摘《してき》ではあったが、それで深く落ち込んだりしないのが美春の美点である。

「解ったわ。――じゃあ、よろしくね、堀田くん」

「おう」

狭《せま》い船室でウェットスーツに着替《きが》える。美春は自分専用の機材を持っていないので、前もって借りておいたものだ。

「ちょっと待ってて」

美春に言って桂が、続いて真由美が先に出る。

——どうしたのかしら？

「——どうぞ、出雲さん」

声をかけられて外に出てみると、桂がビデオカメラを持っていた。どうやら、ウェットスーツを着た真由美が船室から出てくる場面を撮りたかったらしい。

——言ってくれればいいのに。

甲板《かんぱん》では、すでにエアータンクまで背負《しょ》って準備を完了《かんりょう》した陽介が待っていた。

——ええと、装着の手順は……。

講習を受けた時のノートは持ってきているが、この先はいちいちそれを見ながらというわけにはいかない。実際に水に入って出てくるまでの手順は何度か通しでやっている。その時のことを思い出しながら、どうにか機材の装着を終了《しゅうりょう》した。

「堀田くん、チェックお願い」

当然のことながら、潜水《せんすい》中は陽介と美春が〝バディ〟ということになる。いざという時は助け合わなければならない。それはこの潜水前の相互《そうご》確認《かくにん》からすでに始まっているのだ。

「——よし」

陽介の太い声が頼《たの》もしく聞こえたりして。その後で、自分のこと以上に緊張《きんちょう》しながら、陽介の機材のチェックをする。

「ＯＫ」

「そうか」

真由美たちもチェックを終えたようだ。

「ハンドサイン、確認します。これは？」

「浮上《ふじょう》。——すぐ助けて。——ＯＫ」

「では、エアー切れのサインは？　——異状ありは？」

単純なサインだ。しっかり覚えている。

「大丈夫みたいですね。では、気をつけて行ってきてください。くれぐれも無茶はしないこと。クルーザーの確認ができたら、すぐ戻ってきてくださいね」

手を振る史郎。あとは実際に水の中へ飛び込むだけだ。

「お先、行きます。嵯峨くん、ビデオはお願いね」

桂が空中でターンして水の中へと入った。同様のフォームで真由美が続く。

——はあっ、カッコイイなあ……。

自分専用の機材を持っているだけのことはある。慣れているという段階を通り越《こ》して、すでに格好のいい段階に至っている。自分なんて、タンクの重さやフィンの歩きにくさで、水に入る前から四苦八苦しているというのに。

「いいんだ、出雲。ざぶんと行け、ざぶんと」

言いながら陽介自身、突《つ》っ立ったままの姿勢で足から水中に飛び込む。確かジャイアント・ストライド・エントリーというやつだ。

「そうですね。陽さんの言うとおり、別に飛込みの点数を競《きそ》ってるわけじゃありませんから」

史郎も言う。ちょっとだけ気分が軽くなったようだ。短い梯子《はしご》のある船縁《ふなべり》まで行き、ジャイアント・ストライド・エントリー。


水は予想していたほど冷たくはなかった。透明度《とうめい》も高いのではないか。

ただ、温度とは別に、圧力を感じる。同時に背中のタンクが軽くなり、邪魔《じゃま》だったフィンが自在な推進力を与《あた》えてくれるようになる。プールで練習していた頃《ころ》から、この変化は美春をわくわくさせるものだった。浮力調整装置《ふりょく》の下が熱く波打つような感じがするほどだった。

待っていてくれたのか、突っ立っているような姿勢で陽介が浮《う》いていた。ただ、飛び込む時には緊張していたせいか気が付かなかったのだが、陽介は水の中でも片手にスコップを持っていた。

——頭痛ぁ……。

こめかみに手を当てる。と、陽介が頭を先に近づいてきた。

——あ、別に何でもないのよ、堀田くん……。

体の前で両手を振《ふ》り、それからハッと気が付いて、親指と人差し指で丸を作る。陽介の動きがぴたりと止まり、腕組《うでぐ》みをして、うなずいた。「そうか」という低い声が聞こえそうだ。

――堀田くんって、日頃《ひごろ》あまりしゃべらないから、水中でも言いたいことがなんとなく判《わか》っちゃうのね……。

陽介が斜《なな》め下を指差す。先行している真由美と桂が見える。美春もそちらを指差して、了解《りょうかい》した印にまたOKサインを出した。

身を翻《ひるがえ》した陽介が頭を下にして潜《もぐ》り始める。美春も並んで潜る。いよいよ沈没《ちんぼつ》船引揚《ひきあ》げ（の前段階としての船体確認）だと思うと、わくわくする感じがさらに強まる。

――あれ、耳が……そうか、耳抜《みみぬ》きを……。

マスクの上から鼻を摘《つ》まみ、息を吹《ふ》き込む。耳の中がポッと鳴って、痛みが消える。

――うん、快調、快調。

体の周りに何もない――。いや、実際には水に取り囲まれているのだけれど、がっちりとした確かな固いものが足をはじめとして体のどこにも触《ふ》れていないことで、浮いている感覚がよりいっそう強調される。空を飛んでる――。いつだったか陽介と史郎がやっていた悪ふざけのことを思い出す。そう、空を飛んでいる感覚を味わいたかったら、学校の屋上のフェンスの上ではなく、水の中でやるべきだったのだ。

陽介の動きは滑《なめ》らかだった。力仕事担当のイメージが強かったので、もっとガバガバと水をかくようにして強引《ごういん》に進んでいくのだろうといつの間にか思い込んでいたのかもしれない。陽介の動きは、力強いといっても、イルカのような力強さだった。

しかし、泳ぎはできてもダイビングの初心者である美春がついていける速さなのだから、配《はい》慮《りょ》というか加減はしているのだろう。

どれほど潜ったのだろうか。先を行く真由美や桂のスーツやタンクから赤やオレンジといった暖色系の色彩《しきさい》がかなり失われている。届く光自体も少なくなっているようで、それらのことがあたりを実際の水温よりも寒々とした雰囲気《ふんいき》にしているのかもしれない。

――五〇メートルっていうと、小学校の徒競走の長さよね。

走れば一〇秒ほどの距離《きょり》だが、潜水《せんすい》の場合はどれくらいかかるのだろう。自分が水中で移動する速さというのがまだ感覚的に摑《つか》めていないので、見当がつかない。しかも、周囲に目印となるようなものがないので、どれだけ潜ったのかが実感として伝わってこないのだ。

思い出して、水深計を見る。そろそろ四〇メートルというところだ。一〇階建のビルくらいの高さを潜ったことになるのか。

――ずいぶん来ちゃったんだな……。

行く手というか、湖底のほうを見てみる。魚探やパソコンの液晶《えきしょう》画面の表示で、どんな地形になっているか、そしてどのへんに目指すクルーザーが沈《しず》んでいるのかを頭に入れてきたつもりなのに、見当もつかない。真上とはいわないまでも、沈んでいる場所のすぐ近くでボートを止めたはずなのだが。

——ああ、光が差し込まないから影《かげ》が出来なくて、でこぼこが判りづらいんだわ。

先を行く真由美と桂には判っているのだろうか。

下のほうがぼんやりと明るくなる。ライトを点《つ》けたらしい。黄色っぽい光の円錐《えんすい》が、ゆっくりと左右に振られ、やがて一方向を向いて止まる。岩などではない、滑らかな曲面といかにも人工的な平面が組み合わされた何かが浮かび上がる。

——堀田くん、急いで！

意思を伝える方法がないので、ライトに照らし出された何かのほうを何度も何度も指差す。陽介も同じ方向を指差し、ＯＫのサインを出した。心なしか、潜るスピードが上がる。美春も遅《おく》れないように続く。

近づくにつれてぐんぐん大きくなるそれは、確かにヨットに見える。マストは折れているが、それ以外は、船体に目立った破損はないようだ。

急に船体が大きくなる。いや、いままで対比物がなかったので気付かなかったが、意外にスピードが出ていたのだろう。慌《あわ》てて減速する。手を伸《の》ばせば触れられるくらいヨットに近いところで、どうにか止まった。すぐ脇《わき》に陽介が来て止まる。念のためにＯＫサイン。同じサインが返ってくる。

前にヨットハーバーに見学に行ったことを思い出す。あの時に見たクルーザーとちょうど同じくらいの大きさだと思うが、船体の角度も違《ちが》うし、それを見ている自分も足を宙に浮かせた状態でやや上から見下ろしているので、奇妙《きみょう》な新鮮《しんせん》さがある。

真由美たちはと見ると、すでに確認《かくにん》作業に移っているようだ。真由美と桂とそれぞれにライトを持ち、船体を調べている。桂は黄色い防水タイプのビデオカメラで撮影《さつえい》もしている。

美春も、沈んでいる船を改めて見てみた。おそらく水面の上にいた時には白かっただろう船体は、泥《どろ》とも苔《こけ》ともつかないような汚《よご》れにうっすらと覆《おお》われ、〝沈没船〟という言葉のもつ物悲しさを漂《ただよ》わせていた。

サイズだけではなく全体の雰囲気も、ヨットハーバーで見た船と似ているような気がする。細かく見ていけば違うところもあるのかもしれないが、美春にはよく判らない。

――それでも、見る人が見れば判るのかしら？

依頼《いらい》を受けた時の話からは、屋形氏は、娘《むすめ》である真由美でさえヨットに近づけなかったような印象を受けたのだけれど。

光が揺《ゆ》れた。視線を移すと、真由美がライトを振《ふ》っている。桂もいまは真由美ではなく船体にカメラを向けている。

――何？　何があったの？

走り出そうとして足を空回りさせ、気付いて、泳ぎに切り換《か》える。

真由美がライトで照らしているのは、船体の一部だった。汚れがこすり落とされ、元の白い外壁《がいへき》が見えている。そして、光の輪の中に、気取った書体のアルファベットがくっきりと浮《う》か

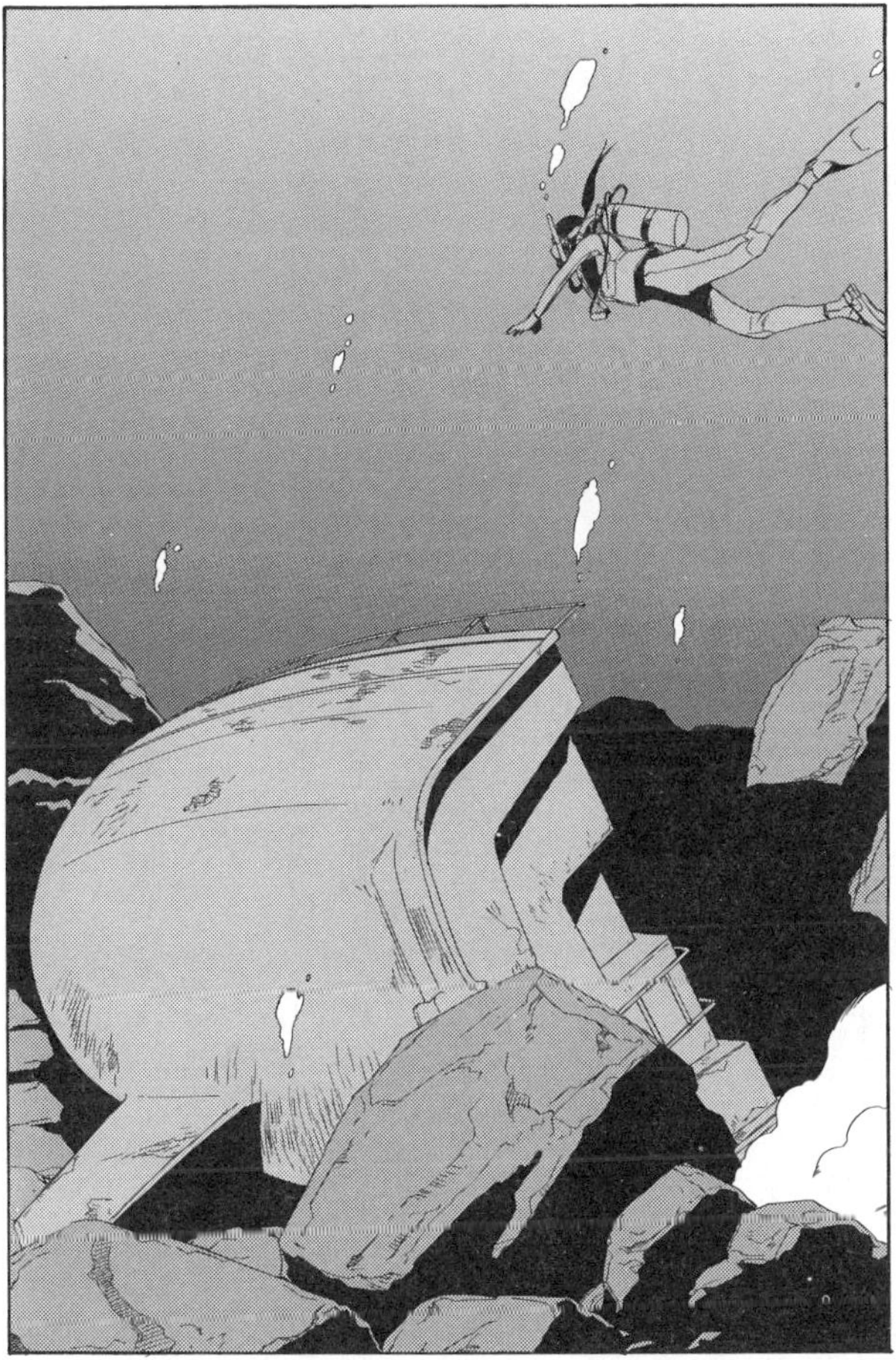

び上がっていた。——Ｃｏｎｓｔａｎｃｅ Ｃｕｌｍｉｎｇｔｏｎ。

「それでは、《コンスタンス・カルミントン》号の発見を祝して——」

「ついでに、今後の作業が順調であることを祈《いの》って——」

「乾杯《かんぱい》！」「……」「乾杯！」「乾杯」「乾杯！」

お宝発掘《はっくつ》部の男衆がテントを張ったキャンプ用地の一角。広げられた折畳《おりたた》みテーブルの上には油の入った鍋《なべ》が火にかけられ、それを囲むようにして発掘部の三人と依頼人ふたりが飲み物の缶《かん》（もちろん未成年者はノンアルコールだ）を差し上げ、唱和した。まだ、引揚《ひきあ》げが成功したわけではないが、意外なほど早く目標の船が発見できたことで、一同の気分はほとんど祝賀パーティだった。

「しかし、噂《うわさ》には聞いていたけれど、さすがだね、見つけ屋さん」

「いえ、運が良かったんですよ。一発目からいきなりヒットなんてことは、僕たちにとっても珍《めずら》しいんです」

史郎の言葉を聞きながら、美春は春の発掘を思い出していた。あの時は、目指すものが埋《う》まっていたのは四つある候補地のうちの最後の一つだった。しかも、手掛《てが》かりになる雑木林が伐《ばっ》採《さい》され、別の造成地の残土で盛り土されていたので、端《はし》からすべて掘《ほ》り返さなければならなかったのだ（陽介は大喜びだったが）。あれに比べれば、ほんとうに今回は楽だ。

「さあ、どんどんいってください——」

自分は潜《もぐ》らなかったからというわけではないだろうが、今回の食事は史郎が一人で手掛けていた。いつかのバーベキューのような陽介の手伝いもなし。メインはテーブルの上で現在進行形の串揚《くしあ》げ。

「——とは言っても、すみませんね、油で揚《あ》げるだけの、料理ともいえない料理で。紫蘇《しそ》で巻いたり、チーズを挟《はさ》んだりっていうところが、かろうじて料理の範疇《はんちゅう》なんで、そこをじっくり味わってもらえれば、と」

史郎は謙遜《けんそん》するものの、油がいいのか、火加減がいいのか、串揚げはどれもからりと揚がって、しつこさがない。それに、船にいた時はあまり意識しなかったけれど、戻《もど》ってくると、かなりお腹《なか》が空いていたので、すぐに食べられるのが何よりありがたい。例によって料理用ストーブと中華鍋《ちゅうかなべ》で作られるリイドディッシュも美味しい。特に中華風の春雨サラダが、口の中をさっぱりとさせ、食を進ませる。桂などはいいテンポでビールの缶を空けていく。

——あれ、でも、これなら助っ人が要《い》るってほどじゃないんじゃ……。

このあいだのお寺の庭でやったバーベキューのほうが、人数はずっと多かった。それでも史郎は手助けを必要としなかった。もっともあの時は、陽介が似合わないエプロンなどをして手伝っていたのだが。

——わざわざ食事の支度や後片付けを手伝うなんて理由を作ってまであの子を誘《さそ》ったわけよ

ね。なんでかしら……？

「——そうそう、この場面なんかクライマックスだよね」

桂が水中で撮影したビデオを再生している。《シーガルⅢ世》の甲板《かんぱん》でも見た、真由美が《コンスタンス・カルミントン》号の船名を確認する場面だ。確かにこの時は興奮した。心臓が飛び出すのではないかと思ったほどだ。美春だけではなく、桂も、真由美本人も興奮していたようで、すぐにでも船の中に入って例の構想メモを捜《さが》し始めかねない様子だった。意外にも（と言ったら失礼だけれど）陽介が最も冷静で、時間的な余裕《よゆう》があまりないことを（ダイバーズウォッチで）示し、浮上《ふじよう》を促《うなが》したのだ。

「明日は、朝から潜るんだろ？」

「そうですね。あまり水温が低い場合は待ちますが、早めに調査を開始して、回収方法を検討します。実際に回収作業に手をつけるのは明後日《あさって》以降になるかと思いますが」

どういう原因によるものかは不明だが、《コンスタンス・カルミントン》号は、湖底に横倒《よこだお》しの状態になっていた。船体がそんな状態では、作業は難しくなるのだろうか。

「ああ、明日が待ち遠しいなあ。——なあ、真由美」

アルコールのせいか、頰《ほお》を上気させて言う桂。どこか恥《は》ずかしげな笑《え》みを浮かべてうなずく真由美。屋形建太郎の娘である彼女よりも桂のほうが今度の件に入れ込んでいるようだ。

——花村さんがおとなしくて引っ込み思案なのかもね。それで、親友の吹雪さんとしてはちょっとお節介《せっかい》になっちゃうってことじゃないのかな。

話題が、ダイビングやボートなどのことになる。やはり、行動派の桂が真由美を引っ張るようにしてダイビングのライセンスをとったらしい。

「なあ、親友だもんな」

そう言って真由美の肩《かた》を抱《だ》き寄せる桂は、女の子同士というよりも、体育会系の男同士の（ややおっさんくさい）関係を思わせた。

推理小説の話題も出た。いい機会なので、美春は『そして誰《だれ》もいなくなった』の謎解《なぞと》きについて訊《き》いてみた。

「ああ、あれは誤訳です」

史郎はこともなげに言った。

「クリスティ女史の叙述《じょじゅつ》トリックに訳者も引っ掛《か》けられて、間違《まちが》った翻訳《ほんやく》をしているんですよ。不幸なことに日本では、その誤訳バージョンしか手に入りにくいんですが、注意深い人間が原書で読めば、アンフェアでもなんでもないことは納得《なっとく》がいくはずです」

ということは、史郎は原書で読んだのだろうか。

「――あ、そうだった。《コンスタンス・カルミントン》が『そして誰もいなくなった』のなかに出てくる名前だなんてよく覚えていたもんだって自分でも感心してたんですが、屋形氏自身が、繭浦猟月シリーズ第一作に、そういう名前のヨットを登場させているんですよ。もちろん、名前の由来の説明つきで。すっかり忘れてました」

なるほど、屋形氏のヨットの命名の由来は、推理小説の古典というよりは、自作に因《ちな》んでということらしい。

「こら、飲んでるか、真由美」

「うん。それより桂、明日は朝から潜るんでしょ？　ほどほどにしておきなよ」

「解《わか》ってるって。あと一本。一本だけだから。――はい、乾杯《かんぱい》！　出雲さんも、嵯峨くんも、堀田くんも、ほら、乾杯」

「はい、乾杯」「…………」「乾杯」


明日も一日中活動しなければならないので、比較《ひかく》的早い時間に解散になった。陽介と史郎をキャンプ場に残して、美春たちはビーチハウスに引き上げた。

「大丈夫《だいじょうぶ》、桂？」

足元の危なっかしい桂を真由美が気遣《きづか》っている。

――あれ、そういえば、きょうは炒飯《チャーハン》が出なかったわね。

陽介の大好物（史郎に言わせると「好物以上」なのだそうだが）が今夜はテーブルに上らなかった。何か理由があったのだろうか。

転んだりケガをしたりすることもなく、無事にビーチハウスに帰りつく。

「お休みなさい」

ベッドに横になっても、まだ体が水の中で揺《ゆ》れているような気がする。興奮が残っている間は気付かなかったが、意外に疲《つか》れていたようだ。きょうのクルーザー発見のこととか、明日からの作業のことなどをあれこれ考えるうちに、ほどなく美春は眠《ねむ》りに落ちた。

水中にいるようなふらふら揺れる感触《かんしょく》の夢がけたたましい電子音に破られる。

「もしもし？」

枕許《まくらもと》に置いた携帯《けいたい》電話を手にしながら、もしかしたら剣持薫が——というほとんど可能性のないことをチラッと考えてしまう美春だった。

『ちょっと、何時まで待たせるつもりなのよ？』

忘れたいのに忘れられない、キンキン声が飛び出してくる。そうだった。この〝キャンプ〟の間、何があったかを毎日報告するように、大庭厚子から命令されていたのだ。すっかり忘れていたが。

「ごめんなさい、うっかりしてたわ」

非常識な要求をする相手にでも謝ってしまうのが、美春の真面目《まじめ》さである。

『それで、お宝発掘《はっくつ》部はきょうは何をしたの？　陰謀《いんぼう》は？　オーパーツはあった？』

「ええと、半月湖にボートで出て、魚群探知機で水の中を調べたわ」

『魚群探知機……超音波《ちょうおんぱ》ね。ユーマ探しか……』

耳慣れない意味不明の単語が出てくる。きっと陰謀業界の専門用語なのだろう。説明を求めても混乱するだけだろうから、聞き流す。

「それから、磁気探査機も使った」

あんまりしゃべるのもよくないが、たとえ相手がオーパーツマニアの陰謀妄想《もうそう》の女の子でも、嘘《うそ》をつくことは気が咎《とが》める。

『磁気……金属っていうことは湖底のオーパーツか、UFOの基地を探《さぐ》ってるのか……』

確か、宇宙人と生徒会は密約を交《か》わしているのではないか？　密約を交わしている相手の基地をどうして探らなければならないのか疑問に思ったが、説明を求めようとは思わない。

「それから、スキューバで潜《もぐ》ったわ。ヨット、クルーザーっていうの？　沈《しず》んでたわよ」

これ以上しゃべったら、史郎や陽介、依頼人を裏切ることになってしまうという、失血死寸前のぎりぎり出血（流血？）大サービスとでも呼びたい、情報提供である。

『半月湖には、船や飛行機が消息を断つ、「魔《ま》の三角地帯」と呼ばれている場所もあるからね。沈没船《ちんぼつ》くらい珍《めずら》しくもないわ』

むしろこともなげに、大庭厚子は言った。

「きょうのところは、それだけよ」

次は何を要求されるのか、ビクビクしながら大庭厚子の反応を待つ。

『フ……フフフフフ……。超音波、磁気、潜水《せんすい》……。陰謀の存在は火を見るより明らかかね。出雲さん、明日も報告を頼《たの》むわよ』

　電話はそれで切れた。新しい要求の追加も、延々と奇説《きせつ》を聞かされることもなかったので、美春はホッとした。

　——そうだ、吹雪さんたち、起こしちゃったんじゃないかしら……？

　ビーチハウスの二つある寝室《しんしつ》のうち、ひと部屋を桂と真由美が使い、もうひと部屋を美春が一人で使っている。もっとも、二つの部屋を仕切っているのは、あまり厚くない壁《かべ》一枚。隣《となり》の部屋の携帯電話の着メロだって聞こえてしまうかもしれない。

　美春はベッドから出て、忍《しの》び足で隣の部屋との境の壁まで近づき、耳を当てた。時計の秒針らしい規則正しい音が聞こえるだけで、人が起きている気配はない。再びホッとする美春だ。ベッドに戻《もど》る。いまごろになってドキドキしてきた。

　——明日は、こっちからかけたほうが落ち着いて眠れるわね。気は進まないけど……。

　そこで、ふと思い至る。

　——起きることはなくても、電話がかかってきたことには気付いてるなんてことはあるわよね？　明日、「昨日、夜中に電話がかかってきたみたいだけど、誰《だれ》？　彼氏だったりして？」なんて吹雪さんが言ったりしたら、どうしよう？

　心配は、みんなにからかわれたらというところから始まって、もしも剣持薫の耳に入ったらどうしようという、ある意味では定例のコースをたどった。

――ああ、誤解です、誤解なんです、信じてください、剣持さん。出雲はそんな……。

無駄《むだ》な気苦労が多い割には、一五分ほどで再び寝息《ねいき》を立て始めた美春だった。


「ちょっと恐《こわ》い気がするんだ、今回のお宝は」

コーヒーを飲み終わって女性陣《じん》が引き上げた後で、史郎はもう一度、調理用ストーブに火を入れた。中華鍋《ちゅうかなべ》を煙《けむり》が出るまで焼き、油を引いて、卵を割り入れる。

「ひょっとしたら、繭浦猟月シリーズのファンであればあるほど、あのメモは知らずに済ませたいものかもしれないよ。もしもシリーズが完結するなら、どんな結末を迎《むか》えるのか、ファンはあれこれ考えて、そして、屋形建太郎先生ならば、それをはるかに超《こ》える大傑作《だいけっさく》を書いてくれるはずだと期待を膨《ふく》らましている。ファンの期待は膨らみ切っている。構想メモは、それにきちんと応《こた》える内容になっているのか。ひょっとして期待を裏切られてしまうのではないか。作家・屋形建太郎の才能を全面的に信頼《しんらい》しているつもりでも、やはり恐いのではないかな」

史郎が語る間に卵は半熟になり、ほぐした冷や飯が鍋に加えられる。鍋と玉杓子《たまじゃくし》の動きが、飯粒《めしつぶ》を卵でコーティングする
「価値はあるけれど、発掘されることを恐《おそ》れるお宝――。そう考えると、恐いね」

塩、胡椒《こしょう》、酒、刻みネギ……。調味料が次々と投入され、その間も中華鍋は動きを止めない。

「はい、炒飯《チャーハン》おまちどおさま」

丼《どんぶり》に盛り付けた炒飯が陽介の前に差し出される。

「ほんとうは、寝る前に食べるのはよくないんだけど、きょうはずいぶん頑張《がんば》ってもらったし、明日はきょう以上に頑張ってもらわないといけないからね、陽さんには」

「そうか。――いただきます」

両手で拝んでから、陽介は炒飯の山に箸《はし》を突《つ》っ込んだ。史郎は自分のカップにコーヒーを注ぐと、陽介が撮影《さつえい》してきたデジタルカメラの映像をノートパソコンの画面に呼び出し、チェックを始めた。水中ノートの数字に加え、スコップを対比物として使っているので、距離《きょり》や大きさが実感として摑《つか》み易《やす》くなっている。

「水深三〇メートルでも、呼吸効率は五〇パーセントに低下、力を必要とする作業を長時間続けることはできない。ましてや《コンスタンス・カルミントン》は水深五〇メートル。単なる技術的な困難に加えて、人間の肉体の限界も考慮《こうりょ》に入れないとならないね。船内探索《たんさく》に使える時間のことを考えると、やっぱり浮上《ふじょう》させることを考えたほうがいいのかな」

「そうか。――ごちそうさま」

「はい、お粗末《そまつ》さまでした」


「このあいだ、いやな夢を見た」

「夢？　どんな？」

陽介のカップにコーヒーを注《つ》ぎ足しながら史郎が訊《き》く。

「俺が地面を掘《ほ》ってるんだ。掘って、掘って、掘って、とうとう宝箱を掘り当てる」

「よかったじゃない」

「ところが、蓋《ふた》を開けると、中は空っぽだった」

実際に空の宝箱が目の前にあるかのように、陽介は深々とため息をついた。

「あれは、いやな夢だった」

「――ダミーだったのかもしれないね」

しばらくの間の後で史郎が言う。

「ダミー？」

「うん。見つかりやすいところに空っぽの宝箱や、ちょっとしか入っていない宝箱を埋《う》めておくんだ。それを発見した盗掘《とうくつ》者は、もう誰かが掘り出した後だと思ったり、噂《うわさ》ほどたくさんの財宝ではなかったんだと判断したりして、それ以上は掘らずに諦《あきら》めて引き上げる。本物の財宝を収めた宝箱は、実はその近く、もう少し深く掘ったところに埋められてたりするわけだけど。そういう、盗掘除《とうくつよ》けのための偽装《ぎそう》」

「そうか……」

史郎の説明を嚙《か》み締《し》めるような表情でつぶやく陽介。

「今度、同じ夢を見た時は、もう少し深く掘ってみよう」

「それがいいね。——さて、明日もあることだし、お宝発掘《はっくつ》部といたしましては、そろそろ寝るとしましょうか」

「そうだな」

「そうそう、きょうは残念だったけど、明日こそ出雲さんの水着姿が見られるかもよ?」

「…………そうか」


「昨夜はみっともないところ見せちゃったね。きょうはもう大丈夫《だいじょうぶ》だから」

美春の顔を見ると、桂はそう言って笑った。

「はあ、いいえ、どうも……」

ひょっとして夜中に電話がかかってきたのを知られているのではないか——。どうしても様子を探るような目で相手を見てしまう。だが、桂にも真由美にも変わった様子はないので、いちおうは安心だ。

「天気がよくて助かりますね。これなら、必要な作業もはかどるでしょう」

言いながら、史郎は四角いフライパンを二つ蝶番《ちょうつがい》でつなげたような器具を調理用ストーブにかけていた。

「何、それ、嵯峨くん?」

「ホットサンドってやつです。パンに好きなものを載《の》せて、こっちによこしてください」

見ると、テーブルの上に、ハムやベーコン、薄切《うすぎ》りにしたトマトやキュウリ、スライスチーズ、レタスなどが並べられた大皿と、パンの皿がある。ちょうど桂が、いろいろな材料を積み上げたパンを史郎に渡《わた》すところだった。

史郎はパンをホットサンド用の〝鍋《なべ》〟に載せ、マヨネーズを絞《しぼ》り、もう一枚のパンを載せると、蝶番のところで折り畳《たた》み、そう、パンを〝鍋〟でサンドイッチにするような形にすると、また火の上に戻《もど》した。ほどなく、芳《こう》ばしい香《かお》りが漂《ただよ》い始め、トーストを焼くのと同じくらいの時間でボリューム感のあるホットサンドが出来上がった。〝鍋〟から取り出したサンドに斜《なな》めにナイフを入れて二つに切り分け、皿に載せる。

「おまちどおさま、吹雪さんのホットサンド、出来上がりです」

――へえっ、面白《おもしろ》そう。

美春も好きなものを適当に載せたパンを史郎に焼いてもらい、ミルクたっぷりのコーヒーで食べた。

「――ひと息入れたら、出発しましょう」

ふと傍《かたわ》らを見ると、陽介ひとりだけは黙々《もくもく》と炒飯《チャーハン》を食べていた。

昼より前に、《シーガルⅢ世》は《コンスタンス・カルミントン》沈没《ちんぼつ》地点に出て、アンカーを水中に投じた。GPSに位置を記録しておいたし、昨日のうちに船そのものに陽介が発振《はっしん》器の類《たぐい》を付けてきた。特定の音波を受けると信号を出し始めるという優《すぐ》れものだそうだ。

きょうも、昨日と同じメンバーが潜《もぐ》り、史郎が船に残る。

クルーザーが沈《しず》んでいるところまで潜るのは、昨日よりもスムーズな気がする。目標がそこに確実にあることが判《わか》っているからだろうか。それでも、再び湖底に横たわっている船体を目にすると、興奮が湧《わ》き上がってくる。桂と真由美などは、船名の前でVサインを出して写真に収まったりしていた。

そんな微笑《ほほえ》ましいような一幕の後は、実際の引揚《ひきあ》げの前段階としての船体とその周囲の状《じょう》況《きょう》の調査だった。船体の破損情況を調査する。傾《かたむ》いた船体の角度を計る。船体が横たわっている湖底の地形や地質を記録する。さらに、船体内部は完全に浸水《しんすい》しているのか、内部に入ることは可能か、内部の状況はどうなのか、船窓からライトで照らしてビデオカメラで撮影《さつえい》することまでした。こうなるとこの場の主役は完全に陽介だった。黙々《もくもく》と（それは水中だから当然だともいえるし、日頃《ひごろ》から無口な男ではあるが）作業をこなす陽介は、なんというか、プロフェッショナル的な凄味《すごみ》さえ感じられ、美春としてはたいへん不本意なのだけれど、ちょっとカッコイイと思わないでもなかった。

――これで、スコップさえ持ってなければねえ……。

美春は、ライトやメジャーを支えるといったアシスタント的な仕事ができたからまだいい。桂もビデオカメラの操作に習熟しているため、船窓からの内部撮影の際はそれなりの活躍《かつやく》を見せた。だが、真由美はほとんどお客さんである。

作業が一段落して船に戻ると、史郎が手際《てぎわ》よく昼ごはんを用意していた。

「お弁当、作っておけばよかったのに」

「夏場は食中毒が恐《こわ》いんで、なるべく、食べる直前に加熱調理したいんですよ」

「でも、変なもんだな。波に揺《ゆ》られて冷やし中華《ちゆうか》っていうのも」

桂の言うように、史郎の用意したのは冷やし中華だった。具材の焼き豚《ぶた》やキュウリは定規を当てたように形が揃《そろ》い、錦糸卵《きんしたまご》の色も鮮《あざ》やか、麵《めん》の茹《ゆ》で加減もタレの味付けも申し分なかった。

もっとも、陽介だけは黙々と大盛り炒飯を口に運んでいたが。


「ひと働きした後、お腹《なか》も膨《ふく》れて、お天気のいい昼下がりですから、あくびも出るところだとは思いますが、コーヒーでも飲みながら、ちょっと聞いてくださいね」

食事が終わってコーヒーを配ると、史郎は水中で撮影《さつえい》してきたビデオやカメラの映像、陽介が計ってきたいろいろな数値をパソコンで検討してから、一同を呼び寄せた。

「いいよ。どうせ体の窒素《ちつそ》が外に出るまでしばらくは潜《もぐ》れないんだから」

桂が言う。かなりゆっくりと食事をしたけれど、あと一時間ほどは潜れないはずだ。

「はい。——午前中の調査で判ったことですが、《コンスタンス・カルミントン》号の中に入るのは難しいですね」

船室に入るドアが開かなくなっているのは陽介が確かめた。

「おそらく、台風で倒《たお》れたマストがぶつかったなどの理由で、船体に歪《ゆが》みが生じたのでしょう。船窓も全開しないタイプですから、ガラスを割るなどしないと、内部には入れません」

美春は真由美のほうを見た。マストも折れた沈没《ちんぼつ》ヨットといっても、あの船は真由美の父親の遺品のようなものだ。構想メモとは別に、なるべくなら無傷で回収したいのではないか。

「窓を壊《こわ》しても、例えば堀田くんじゃ入れないんじゃないの？」

窓のサイズは、前に真由美が用意したヨットの図面のデータが入れてある。

「そうですね。仮に花村さんが入るとしても、エアータンクを背負ったままでは難しいでしょう。やはり工具を準備して、ドアが開くようにしたほうがいいでしょうね」

パソコンの画面が、クルーザーの外観から、内部を撮影した映像に替《か》わった。船内は、ライトに照らし出された部分と陰《かげ》の部分が極端《きょくたん》なコントラストを見せている。嵐《あらし》でもみくちゃにされ、最後には床《ゆか》が傾《かたむ》いてしまったヨット。船の家具は基本的に作り付けなのだが、それでも細かい品物が斜《なな》めになった床の片側に集まっている。狭《せま》い窓からビデオのレンズとライトを突《つ》っ込むようにして撮影したせいか、不自然な姿勢で周りを見回しているような、どこか不自由な感じのする画面だ。

「見ただけじゃ、メモの在処《ありか》なんて判《わか》らないな。――どう、真由美？」

問われた真由美もかすかに首を横に振《ふ》る。

「中に入れたとして、メモを捜《さが》すのにも時間制限がありますからね」

そうだ。水中で活動できる時間には制限がある。

「ねえ、見つけ屋さん、ヨットそのものを引っ張り上げるとしたら、どうやるの？」

「もともと船は水に浮《う》かぶものですから、その状態を復元してやればいいんです」

史郎は画面を切り換《か》えた。線だけで描《えが》かれたヨットの図が表示される。

「船倉や船室に空気を吹《ふ》き込めば、船は浮かび上がります」

画面にエアータンクの絵が現われ、ホースでヨットとつながれる。ヨットの図が断面に替わり、内部に空気が吹き込まれると同時に、水が出てゆく。傾いていた船体がまっすぐになり、やがて湖底から離《はな》れる。図は再び外観を描いたものになり、浮力《ふりよく》を取り戻《もど》したヨットはどんどん上昇《じようしよう》して、水面の上に出た。美春はメモをとる手を止めて、小さな歓声《かんせい》をあげていた。

「――なるほど」

桂も感心したような声を出す。真由美も真剣《しんけん》な顔でメモをとっている。

「その際、問題になる点は三つです。まず、湖底の亀裂《きれつ》に挟《はさ》まっているキールをどうするか」

キールというのは、ヨットの船底にあるひれのような突起物《とつき》で（美春は最初、舵《かじ》と勘違《かんちが》いした）、帆《セール》とキールは飛行機の両翼《りようよく》に相当する。この二つがあるから、ヨットは推力《すいりよく》を得られる（のだそうだ。史郎の説明によると）。《コンスタンス・カルミントン》のキールは、湖底に走る溝《みぞ》のような地形に挟まってしまっている。船体が斜めになっているのも、そのためだ。これを抜《ぬ》かなければ、船は湖底を離れない。

「船本体との一体形成ではないので、分離《ぶんり》は不可能ではありませんが、作業は困難ですね。あるいは、掘《ほ》るか――」

深くうなずく陽介である。

「次に、船体に破損がないかどうか。穴が開いていたのでは、空気を吹き込んでも、吹き込む先から漏《も》れてしまいますからね」

史郎がパソコンを操作すると、まさにそのとおりの図が表示された。タンクから吹き込まれた空気は、丸い泡《あわ》になって出ていってしまう。

「ヨットには、穴なんて開いてなかっただろ？」

「ええ、幸いなことに。それでも、気密性のチェックは綿密さを要します。例えば、ドアのフレームは歪んでいるはずですしね。破損箇所《かしょ》は高性能の水中用接着剤《せっちゃくざい》で処置できると思いますが、確認《かくにん》と修復でそれなりの時間が必要になります。――次に圧力の問題があります」

パソコンの画面が切り換わる。今度は矢印に取り囲まれているヨットの断面図だ。

「船にかかっている水圧と同じ圧力で空気を送ってやらなければ、船室から水を追い出すことはできません。二〇〇メートル、三〇〇メートルの深海に沈《しず》んでしまった船を空気を吹き込む方法で浮上させることが難しいのは、船倉や船室に満たすに足る分量の二〇〇気圧、三〇〇気圧の空気を送り込む技術的な困難ゆえです」

なるほど、矢印は圧力を示しているのか。ヨットを取り囲む矢印と同じ大きさと数の矢印が、タンクからホースを通って送り込まれる。それで、ようやく船内の水が外へ出ていく。

——ええと、ヨットが沈んでいたのは約五〇メートルの深さだから、一〇メートルで一気圧をプラスして、合計六気圧の空気が必要ってことね。

思わず初歩の物理学をしてしまう美春だった。

「これまた幸いなことに、《コンスタンス・カルミントン》号が沈んでいるのは水面下約五〇メートル。計算上、六気圧の空気が吹き込めればいいわけです。これは、それほど難しいことではありません」

史郎と自分の計算した数字が一致《いっち》したので、美春は妙《みょう》に嬉《うれ》しくなってしまった。

「最後に、空気を逃《に》がす方法をいかに確保しておくかという問題があります」

画面が再び替わる。ヨットの断面図。船体内部に空気が入り、上へ上へと浮かんでいく。

「充分《じゅうぶん》な浮力を得られるだけの高圧空気を吹き込むことに成功し、船体が浮上を始めたとします。そうなると、浮上するにつれ、船体にかかる水圧は低下します」

ヨットの周りの矢印が次第《しだい》に小さくなるのに対して、ヨット内部の空気の側から外を向いていた矢印のほうはそのままだ。

「つまり、船体内部のほうが相対的に高圧になってしまい、空気は膨張《ぼうちょう》します」

内側の矢印が外へ外へと移動する。船体が内側から膨《ふく》らんでいく感じだ。

「最悪の場合、この空気の膨張する力が船体を内部から破壊《はかい》してしまいます」

膨らむ力に耐《た》えられなくなった船体は、ポンと破裂《はれつ》して、沈んでしまった。

「人間でも、急に浮上すると、血液中の窒素《ちっそ》が膨張してベンズになるもんね」

桂《かつら》がふむふむとうなずきながら言う。

「そんなに深い場所ではないので、圧力変化の大きさは深海の場合とは比べ物になりません。それでも慎重《しんちょう》にするに越《こ》したことはありません。二年の間水中に沈んでいた船体は、それなりに傷《いた》んでいるでしょうし、キールの取り外しの際に何か損傷が出ることもあるでしょうから。膨張した分の空気を適宜《てきぎ》排出《はいしゅつ》して圧力を調整するための弁を船窓などに取り付けるというのが、考えられる安全策ですね」

今度は安全策をとった場合の図だ。船体の両脇《りょうわき》に蓋《ふた》の付いた窓のようなものがあり、上昇して内部の圧力が大きくなると、蓋が開いて空気が丸い泡となって逃げる。すると、圧力を示す矢印が小さくなる。矢印の大きさは船の外側と内側でバランスがとれ、破裂することもなく、しかし上昇が中断することもなく、船体は水面の上に出た。

「この弁は、詳《くわ》しいデータを基《もと》に工学部で作ってもらわなければいけません。それでまた時間を食ってしまうのが、痛いところですが。他《ほか》にも、空気を吹き込む際に船内の水が出ていくための通路を確保しておかなければなりませんし」

腕組《うでぐ》みをして唸《うな》る桂。その桂を不安げな表情で見る真由美。陽介はあいかわらずのへの字口だ。

説明にひと区切りつけた史郎は、一同のカップに順にコーヒーのお代わりを注《つ》いで回った。

「――それから、文献《ぶんけん》関係の専門家にもご足労いただかなければいけません。二年の間水に浸《つ》かっていたメモを、環境《かんきょう》の変化で傷つけないようにして、内容を読み取り、できれば長期の保存に耐えられるようにする。メモを水中から出す時には、ぜひ立ち会ってもらいたいですね」

まさか、その文献の専門家として懐を予定していたのだろうか？

「船を見付けたからって、すぐにメモが手に入るわけじゃないんだなあ……」

ショートカットの後頭部を掻《か》きながら桂がため息をつく。それは、おそらくこの場にいる全員に共通した思いだろう。

「土の下なら掘れるのにな……」

訂正《ていせい》。一人だけ、ちょっと違《ちが》った思いを抱《いだ》いているようだった。


午後の作業は、午前中に比べると若干《じゃっかん》、士気が上がらないようだった。

予備のエアータンクを持っていって、船体の空気漏《も》れの箇所をチェックする。桂と真由美は船から少し離《はな》れ、乗せてあったものを途中《とちゅう》で何か落としていないか、湖底を調べる。それから、キール。角度の関係で、作業するために手を突っ込める隙間《すきま》がほとんどない。

成果と呼べるほどのものもなく、まだ早い時刻ではあったが、一同は半月湖から引き上げることになった。ノートパソコンでデータの整理をしている史郎。機材の整備をしている陽介。船の上には、静かでやや重たい空気が漂《ただよ》っている。

「あたしがあの船を壊《こわ》してもいいって決心すれば、すぐにもメモは回収できるのよね」

ボートの舵輪《だりん》を握《にぎ》る柱に、真由美が言う。

「焦《あせ》るなよ、真由美。例えば、ドアの裏っ側にメモが張ってあるのに、船の中に入ろうって言ってドアをぶち破ったら、目も当てられないだろ？　まあ、それは極端《きょくたん》にしてもさ」

「そうですよ。破損したら復元の難しいお宝なのは確かなんですから、慎重さは大切です」

史郎も柱に同意する。

「――ねえ、嵯峨くん。ユーマって知ってる？」

ふと思い出して、昨日の大庭厚子の電話で気になったことを訊《き》いてみる。

「ユーマ？　UMA――Unidentified Mysterious Animalのことですか？」

あんあいでんてぃふぁいど・みすてりあす……。四月には真新しかったメモ帳のページも、怪《あや》しげな単語にずいぶん埋《う》められてしまった。

「たぶん、そうだと思うんだけど？」

「つまり、言い伝え、目撃《もくげき》例、はっきりしない写真、足跡《あしあと》、鳴き声といった間接的な証拠《しょうこ》や状《じょう》況証拠《きょうしょうこ》しかない、個体が捕獲《ほかく》されていないため実在が証明されていない未知の動物のことです。

雪男とか、古いところでネッシーとか、日本だとツチノコとか」

あとはハンゲッシーとか――。胸のなかで付け加える。

「いわゆる宇宙人もこの定義に該当《がいとう》するはずなんですけれど、あれはあれで別の一ジャンルを作っているみたいで、UMAのなかに括《くく》られることはあまりないみたいですね」

それって陰謀《いんぼう》と関係あるの？　訊こうと思って、やめる。

「でも出雲さんも、変なことに興味をもちますね」

これ以上、突《つ》っ込まれないようにと、作り笑顔《えがお》で退く。手許の作業が忙《いそが》しいのか、史郎はそれ以上何も言わなかった。


「そうだ、いっつも嵯峨くんにごはん作らせてちゃ悪いから、今晩はあたしたちで作ろうか」

《シーガルⅢ世》が桟橋《さんばし》に着き、山のような機材というか、機材の山というかを背負った陽介を先頭に一同が降りて、ビーチハウスのほうへ向かっている時に、桂が言い出した。

「ああ、それは嬉《うれ》しいですね」

らしくもないはずんだ声を出す史郎。

「あまり期待しないでください。カレーライスくらいしか作れませんから」

「キャンプらしくていいじゃないですか、カレーとか豚汁《とんじる》とか」

「カレーは、いいいな」

陽介までが言う。

「炒飯《チャーハン》くらい腹に溜《た》まる」

――やっぱり……。

それでも、なにか面白《おもしろ》くない美春だ。中央図書館で史郎に誘《さそ》われた時の懐の言葉まで思い出してしまう。――なに、美春って家事できないの？

――ちょっと待ってよ……。

お宝発掘《はっくつ》部が食事の支《し》度《たく》を担当する時は史郎がやる。たまには陽介が手伝う（というか、史郎が陽介にしか声をかけないのだ）。今夜の夕食は、桂と真由美が作ることになる。

――まずい。このままじゃ支度はしないで食べるだけの人間と思われちゃう……。

こうなったら、どっちが料理を担当する時でもいいから手伝って、でなければ後片付けだけでもいいからやろう。恐怖《きょうふ》の〝食べるだけ女〟と思われないうちに――。本質的ではないところにばかり頭を悩《なや》ます美春だった。

「じゃあ、ちょっとカレーの材料とか買い出しに行ってくるよ。他に必要なもの、ある？」

車のキーを手にした桂が訊く。

「理工科のキャンパスまで乗せていってもらえると、助かるんですが？　例の弁のこととかで相談をしてこないといけないので」

史郎の言葉に、桂はかすかに眉《まゆ》をひそめた。

「帰りはどうするの？」

「打合わせの終わるのが何時くらいになるか解《わか》りませんから、行きだけで結構です。連絡《れんらく》は入れますが、晩ごはんも先に済ませてもらってかまいません」

まさか、夕食の支度という手間が省けたので嬉しいなどと言ったわけではないだろうが。

結局、桂がハンドルを握った車に真由美と史郎が乗って山を下りることになった。

機材を手入れし、乾燥《かんそう》の必要なものを干したりした後は、美春にはとりあえずすることがなかった。

――そうよ、名誉《めいよ》挽回《ばんかい》の第一歩……。

陽介たちのテントが張ってあるところまで行く。機材の手入れはもう終わったのか、学生服の陽介がダンベルを上げ下げしているところだった。

「ちょっと堀田くん、体の窒素《ちっそ》が抜《ぬ》け切るまで、運動はしないほうがいいんじゃないの？」

「――そうか？」

テントの中を探して、バーナーに火を点《つ》け、コーヒーを淹《い》れる。

「はい。嵯峨くんほど美味《おい》しく淹れられなかったと思うけど」

「そうだな」

――こ……こいつ……！

カップを口に運ぶ陽介の顔には悪びれた様子もない。

気を取り直し、自分でもカップを手にした美春は、陽介と肩《かた》を並べてコーヒーを飲んだ。美春たちのビーチハウスよりも、こっちのキャンプ用地のほうが湖に近く、すぐそばに湖面が見える。半分ほどは薄紫《うすむらさき》に染まり、もう半分ほどが細波《さざなみ》を金色に輝《かがや》かせている。

「——何か物足りないなって思ったら、波の音がしないんだ」

「湖だからな」

「…………」

しゃれた言葉が返ってくることなど期待していなかったが、それにしても、もう少し何か言い様があるのではないか。

——名誉挽回、パート・ツー。お宝発掘部の実態に迫《せま》ること……。

頭のなかでスイッチを切り換《か》える。

「水の中でも大活躍《だいかつやく》だったね、堀田くん」

「……そうか」

「ねえ、堀田くんは、どうしてお宝発掘部をやってるの？　今回みたいに、土が掘《ほ》れないことだってあるわけでしょ？　それでもいいの？」

「史郎は力仕事が苦手だからな」

膝《ひざ》から力が抜けそうになる。ある程度、予想していた回答ではあるが。ちなみに、中華鍋《ちゅうかなべ》で鍛《きた》えているからというわけでもないだろうが、史郎だって虚弱《きょじゃく》というわけではない。

「出雲は、掘らないとつまらないのか?」

「…………」

陽介なりに気を遣《つか》ってくれたということか。

「堀田くんは、掘るのが好きなのよね?」

「おう」

「…………」

「…………」

しばらく待ってみたのだが、それ以上の説明はなかった。

「これまで掘ったいちばん大きなものって何?」

自分でも馬鹿《ばか》みたいだと思ったが、沈黙《ちんもく》が苦しくなったので質問してみた。

「船」

「えっ? 掘ったものよ、引き揚げたものじゃなくて」

「山の天辺に埋《う》まっていたのを掘り出した。ひと月かかった」

——それって、ひょっとしてオーパーツって言うんじゃないかしら……?

謎《なぞ》は深まるばかりのようだ。何の謎か、いま一つ不明だが。

「コーヒー、美味《うま》かった」

「そう、ありがとう」

やがて、桂たちの車が戻《もど》ってきた。

——名誉挽回、パート・スリー。恐怖《きょうふ》の〝食べるだけ女〟返上……。

美春は頼《たの》み込んで、どうにか野菜の皮剝《かわむ》きという役割を確保した。共同作業に慣れているのか、桂と真由美の手際《てぎわ》はよく、前もって役割分担を決めておいたかのように仕事に無駄《むだ》がなかった。骨付きチキンをばらして、下拵《したごしら》えをする桂。刻んだ玉ネギを炒《いた》めてペーストにする真由美。〝おそろ〟のエプロンはしているし、手伝っているはずの美春が、余計者に見えかねないくらいだ。もっとも、視線を脇《わき》に転じれば、完全に除《の》け者状態の陽介がいるわけだが。

「あれ、ルーが二種類ありますね？」

「違《ちが》うメーカーのルーを混ぜると、スパイスの種類が増えて、味に奥行が出るんだよ」

フライパンでチキンを炒めながら桂が答える。サラダ用の野菜を切る手を止めて、美春はメモをとった。

「——ところで、お二人はいつごろからの親友なんですか？」

料理のほうは、とりあえず煮込《にこ》む段階になったので、ちょっとひと息いれる。

「中学からだよ。ほら、真由美って美人だけど気が弱いから、馬鹿な男どもがよくちょっかい出そうとするんだ。それを、あたしが撃退《げきたい》してやったってわけ。あたしは、宿題とかでずいぶんお世話になったっけね？」

「英語とかは、桂のほうが得意だったじゃない？」

「そうだっけ？」

美春の想像どおり、おとなしい真由美を桂が引っ張ってきたようだ。いっしょに料理をしていて気がついたのだが、桂と真由美にそれほどの体格差はない。真由美は美春とほとんど変わらないし、桂の身長だって三センチと違《ちが》わない。桂のほうが大柄《おおがら》に見えるのは、実際の体つきよりも、いかにもバイタリティに溢《あふ》れた雰囲気《ふんいき》のためだろうか。

――ああ、そうだ。いつから友だちなのかって、吹雪さんたちじゃなくて、堀田くんに訊《き》いとけばよかったんだわ。そうすれば、お宝発掘《はっくつ》部の実態に少しは迫れたかもしれないのに……。

「真由美ももっと積極的に行動すればいいんだよ。美人だし、才能もあるんだし」

「桂――」

真由美に軽くにらまれて、桂はぺろりと舌を出した。

カレーはいいとして、ライスのほうはどうするか（飯盒《はんごう》でごはんを炊《た》いた経験なんてないし、レトルトのごはんにしておく？）という段階になって、陽介が腰《こし》を上げた。米をといで、火の支度《したく》をする。

「こういう、黒いやつじゃないの？」

桂が手でスキーのゴーグルのような形を作る。

「コッフェル。最近は、飯盒《はんごう》はほとんど使わない」

夕飯の支度のことを気にしてか、史郎から電話が入る。まだしばらくかかりそうなので、食事は先に済ませてくださいとのことだった（カレーを一杯《いっぱい》分だけ残しておいてくださいと念を押すことは忘れなかったが）。

「へへへっ、よかったね、堀田くん。美女三人に囲まれての食事なんて」

桂にからかわれて、陽介が下を向く。やはり女性は苦手なのかもしれない。

チキン・カレーは、ちょっと赤っぽいソースで、けっこう辛《から》いのに、とがった感じの味ではなかった。途中《とちゅう》で加えたヨーグルトのせいか、あるいは桂の言うルーをブレンドした効果なのかもしれない。どこがどうとは言えないが、コッフェルで炊いたごはんも、いつもより美味《おい》しい気がする（「火力の違いじゃないかしら」と真由美は言っていたが）。それから、真由美の作ったゆで卵を使ったサラダも美味しかった。

——なんか、食べてばかりの気が……。

きょうも桂はビールの缶《かん》を空けたが、昨日よりは控《ひか》えめだ。

「——ところで出雲さんは、どうしてお宝発掘部に参加してるの？　いや、おかしいってわけじゃないんだけど、何かイメージ合わないような感じがして」

脇から真由美に突《つ》っつかれるのにもお構いなく、桂が訊く。美春にとっては最も訊かれたくない質問だ。

「穴、掘《ほ》るの、好きなんだよ、出雲は」

皿をにらみつけるようにしてカレーを食べていた陽介がぼそっと言う。

──うわああっ、また誤解を深めるようなことを!

どうも、日頃《ひごろ》の言動から判断すると、美春がほんとうに穴を掘るのが好きでお宝発掘部に参加しているものと陽介は本気で思い込んでいるらしい。

「ええ、意外と楽しいんですよ、穴掘り」

毒を喰《く》らわば皿までというか、他《ほか》の理由を考えるのが面倒《めんどう》くさいというか、ほとんど自棄《やけ》になっている。

「じゃあ、あたしたちの依頼《いらい》って、つまんなかったかな。──ごめんね」

「いえ、気にしないでください。なんか、潜《もぐ》るのもすっかり好きになっちゃって」

「そっか。じゃあ、お姉さんからアドバイスね。沖縄《おきなわ》は後回しにすること。きれいで魚もいっぱいいるから、最初にあそこに潜っちゃうと、日本の近海はつまんなくなっちゃうんだよね」

「でも、伊豆《いず》とか小笠原《おがさわら》は、けっこういいダイビングスポットよ?」

「そうなんですか? 今度行ってみます」

ますます嘘《うそ》つきに、そして捨て鉢《ばち》になっていく──。作り笑顔《えがお》の下で深く苦悩《くのう》する美春だった。

史郎が戻《もど》ってきたのは、けっこう遅《おそ》い時刻になってからだった。

「弁の件ですが、技術的には問題ありませんけれど、ちょっと時間がかかりそうですね」

向こうで軽く食べてきましたからと、遅い時間に帰宅した父親のようなことを言いながら、史郎は自分の分のカレー（ソースのみ）にスプーンを突っ込んだ。

「――美味しい。これは、後でレシピを教えてもらわなくちゃ」

ライス抜《ぬ》きのカレーを気にした風もなく口に運ぶ。

「ところで嵯峨くん、そうなると、明日の作業はどうなるの？」

「早いほうがいいんですよね？　メモだけでも先に回収できないかどうか、調べてみましょう。来週には、レジャー科の演習も始まるそうですから。――あ、サラダも美味しいですね」

「ヨットのドアが開かないか調べてみて、窓から取り出せる品物のなかにメモがないか調べてみるってのもありだな」

「ええ。ただ《コンスタンス・カルミントン》号は斜《なな》めになっていますから、内部の捜索《そうさく》も慎《しん》重《ちょう》にしてください」

「嵯峨くんは潜らないの？」

美春は気になったことを訊《き》いてみた。いくら肉体労働が陽介の担当で、史郎は頭脳担当（書《しょ》斎《さい》派？）といっても、せっかく湖のそばまで来て、連日、船を出しているのだ。常に船の上に残ってデータを分析《ぶんせき》したり、昼食の用意をしたり。遊びに来たわけではないけれど、たまには水に潜ってみたいという気にならないのだろうか。

「——そうですね。念のために僕も〝彼女〟を見ておこうかな」

「そうしろ」

妙《みょう》に熱のこもった声で陽介が言う。美春は、脳裏《のうり》に浮《う》かんだ、手を取り合って水の中を潜っていく(それこそ「空を飛んでる」とか言いながら)陽介と史郎のイメージを振《ふ》り払《はら》った。

またも夜中に携帯《けいたい》電話が鳴った。

『ちょっと! 昨日のきょうだっていうのに、何時間待たせるつもりなの?』

キンキン声が響《ひび》く。美春は携帯電話を抱《かか》えるようにして爪先《つまさき》歩きで壁際《かべぎわ》まで行った。耳を澄《す》ませる。——隣《となり》の部屋の二人が目を覚ました気配はないようだ。

「ごめんなさい。ほら、人目がなくなるまで待ってたら、遅くなっちゃって」

嘘の言い訳がとっさに出てくる自分が悲しい。

『人目を避《さ》けるんだったら、トイレからでもかければいいじゃないの。——それで?』

昨日と同じような、水中に潜っての調査だったことを伝える。とりたてて新しい発見はなし(嘘ではない)。

無気味な含《ふく》み笑いが受話器から聞こえてきた。

『フッフッフッ……。出雲さん、真輝島学園三大七不思議って知ってる？』

「――知らない」

七×三で二十一不思議――。反射的に暗算してしまう美春だ。

『真輝島岬《みさき》の巨大《きょだい》灯台とか、真輝島砂丘《さきゅう》のピラミッドとか、いろいろあるんだけどね』

――ふつう、学園七不思議っていったら、夜中に音楽室から聞こえるピアノとか、トイレの花子さんとか、そんなのよね……？

ふつうの七不思議というあたりに、頭痛を感じる。まあ、どっちにせよ、美春は信じないが。

『フッフッフッ……。そうか、湖底か……。これでまた一つ、七不思議が……』

七不思議がまた一つ――。最初からついていけない人だとは思っていたが、ここまで来ると、二人の間を隔《へだ》てる距離《きょり》の大きさを考えないわけにはいかない。それに――。

――あと六つ、不思議を探してこないと〝七不思議〟にならないんじゃないの？

『それじゃ、明日こそ、もっと早い時間に報告の電話をちょうだいね。トイレからでも、あたしは気にしないから』

最後にまた含み笑いを聞かせると、電話は切れた。

――七不思議……。陰謀《いんぼう》はどこへ行っちゃったのかしら？

どこに行こうとかまわないが、迷惑《めいわく》をかけることだけはやめてほしいと思いながら、美春は横になり、頭から夏がけを被《かぶ》った。

朝の散歩をしていた真由美が、青い顔をして戻ってきた。話を聞いた桂と美春は、すぐに現場である湖岸に行ってみた。

「出雲さん、見つけ屋さんたちを呼んできて」

岸辺の光景にビデオカメラを向けていた桂に言われて、美春は陽介たちのテントへと走った。名前を一回呼んだだけで、二人はテントから出てきた。事情を話すと、史郎はノートパソコンとカメラを持ち、陽介はスコップを担いだ。

「どういうことなんだろう？　誰《だれ》かが毒でも撒《ま》いたのかな？」

現場に着いた三人の顔を見て、桂が言った。恥《は》ずかしいことに、美春は「陰謀」やら「UFO」やらといった単語を真っ先に思い浮かべていた。

「あの、この魚……」

何か言いかけた真由美に軽く頭を下げてから、史郎はポケットから携帯電話を取り出し、ボタンを押した。

「——あ、ミジィさんですか？　嵯峨です。どうも、朝っぱらからすみません。きょうは？　夏休みなのに？　ああ、なるほど、研究対象には盆《ぼん》も正月もありませんからね」

どうやら、お宝発掘《はっくつ》部の協力者に連絡《れんらく》をとっているらしい。しかし、研究対象——。相手は科学者か院生か。警察の科学捜査《そうさ》研究所だったりして。

「ご多忙《たぼう》のところ、恐縮《きょうしゅく》です。いま、半月湖にいるんです、キャンプで。そこで、ちょっとした怪奇《かいき》現象に出くわしちゃったんですよ。岸に、大量の魚が打ち上げられているんです」

怪奇現象……。そうかもしれない。大庭厚子などは大喜びするだろう。いかにも陰謀くさい事件でもあるし。

「いえ、もちろん食べられるかどうかも判《わか》ればそれに越《こ》したことはないんですけど――。ええ、そうです。そうなんです――」

史郎は水際《みずぎわ》にしゃがみ込み、いつの間に塡《は》めたのか医者が手術室でするような薄手《うすで》のゴム手《て》袋《ぶくろ》をした手で、打ち上げられたり浮いたりしている魚を突《つ》っついたり、メジャーを当てたりしながら、その特徴《とくちょう》を詳細《しょうさい》に説明した。

――嵯峨くん、食べられたら食べるつもりだったわけ？

脇《わき》の陽介を見る。大量の魚に向けられたギョロ目に、はたして食欲の輝《かがや》きはあるか？

「――ああ、やっぱり、そうですか。ええ、確かに夏が旬《しゅん》ですよね。――ええ。湖では泳いだりもしますから、安全を確認《かくにん》していただければありがたいんですけれど、いかがでしょう？ご足労いただけますか？」

相手が協力者であっても、現在手掛《てが》けている依頼《いらい》内容についてはしゃべらない。史郎はあくまで慎重《しんちょう》だ。

「はい、もちろん、喜んで。――ありがとうございます。お待ちしてます」

史郎は携帯《けいたい》電話をしまった。

「——大学の生物学部の人に応援《おうえん》を頼《たの》みました。この怪奇現象の原因を探《さぐ》って、潜《もぐ》っても大丈夫《だいじょうぶ》かどうか、確認してもらいます」

「そうか。毒でも入ってたら、あたしたちも潜るわけにはいかないもんな」

どこか恐《おそ》る恐るといった様子で、おびただしい魚の死骸《しがい》を見る桂。

——でも、もしも魚が死ぬような危険な薬とかが、前から湖に流れ込んでたとしたら……？

その危険な水の中に何時間も潜った自分たちにも何か影響《えいきょう》が出るかもしれない。

「ええ。それから、もう一つ。どうして淡水湖《たんすいこ》の半月湖の岸に、アジやイワシの死骸が打ち上げられているのか、是非《ぜひ》とも解明してもらいたいと思います」

「そうですよね、これ、アジとかイワシですよね」

真由美がつぶやく。怪奇現象……。それも、ずいぶんと奇妙《きみょう》な怪奇現象だ。

——七不思議がまた一つ……。

あるいは誰かの陰謀かもしれない。美春は、大庭厚子の含《ふく》み笑いを聞いたような気がした。

3

「どぉもぉ、生物学部水棲《すいせい》生物学科のモミジヤマ・シノブです」

妙《みょう》につやのあるアルトでそう言って頭を下げたのは、モミジというよりススキのような女性だった。ひょろっと細長く、やや猫背《ねこぜ》なので頭が心持ち傾《かたむ》いて見える。中途半端《ちゅうとはんぱ》に袖《そで》のめくられた白衣の背中には、体格と不釣合《ふつりあ》いな大荷物。ただ、陽介や史郎が背負う荷物がむちゃくちゃな量にも拘《かかわ》らずビシッとまとめられていたのに対して、モミジヤマの荷物は必要なものを手当たり次第《しだい》にとりあえず突っ込みましたという感じで、どこかだらしなかった。

――モミジヤマで〝ミジィさん〟ね。白衣ってことは、研究室からそのまま来たのかしら？

「暑いところ、遠路はるばるご苦労さまです」

「なぁになに、生態研究を含む生物学は、野良仕事ですからぁ」

史郎が頭を下げ、アイソトニック飲料のボトルを差し出すと、モミジヤマは手にした自分のボトルを示し、メタルフレームの奥で、細い目をなお細めた。

「それじゃ、さっそく――」

足元に下ろした大きなリュックサックから何やら実験器具らしいものを取り出し始める。同時に、第一発見者である真由美から話を聞いているようだ。

「ねえ、お宝発掘部の関係者って、メガネをかけた女性しかいないの？」

脇に立っている陽介の脇腹《わきばら》を突っついて、小声で訊《き》く。

「――〝教授〟はメガネをかけてない男だった」

確かに、考古学部森弥生《もりやよい》研究室の助手を務める平井《ひらい》氏は、メガネをかけていないし、男性だった。しかし、単純に「そうでもない」という答えが返ってこないところを見ると、〝メガネの女性率〟は高いのかもしれない。

「ひょっとして、嵯峨くんの趣味《しゅみ》？」

「違《ちが》う、と思う」

陽介には珍《めずら》しく、自信のなさを感じさせる声だ。

「――出雲、おまえ、史郎のことが気になるのか？」

「違うわよ！」

反射的に大声が出てしまう。しかし、陽介は、どうして心配そうな声を出したのだろう？

ぷいと横を向くと、モミジヤマがゴム長靴《ながぐつ》に履《は》き替《か》えて、水の中に入っていくところだった。

「――それで、きょうはどうするの、見つけ屋さん？」

大量の魚の死骸を見たせいか、なんとなく進まない（約一名のみ例外）朝食の席で、桂が訊いた。

「紅葉山《もみじやま》さんの調査が終わるまで、湖に出るのは待ちましょう。あの魚の死骸が浸《つ》かっていたのと同じ水に潜ることになるわけですから。広い湖なので、岸辺と沈没《ちんぼつ》地点とでけ差があるでしょうが、念のためです」

確かに、湖水に原因があるかどうかはともかく（なんといってもアジやイワシだ）、魚の大量死していた水に潜るのだと思うと、あまりいい気持ちはしない。

「とりあえず、出かけられるように準備だけはしておいてください」

「そうだな。昨日までのビデオを見て、手掛かりでも探すか」

食器を片付けると、桂と真由美はテーブルを離《はな》れた。

「あの、嵯峨《さが》くん――」

二人の姿が見えなくなると、美春は意を決して、しかし恐る恐る史郎に話しかけた。

「医者に行かなくて、大丈夫？」

「多分ね」

こともなげに言う史郎。

「あの魚なんだけど、発掘《はっくつ》部の活動を妨害《ぼうがい》しようとした誰《だれ》かがやったんじゃないかしら？」

積年の恨《うら》み、今度こそ晴らしてやるわ――。大庭厚子の言葉を思い出す。

「ええ、十中八九、そうでしょうね」

「どうして、そうだって判《わか》るの？」

一大決心をして話をしたつもりの美春は、史郎の軽い反応に戸惑《とまど》った。

「だって、アジやイワシですよ？　人間が運んでこなければ、どうして淡水湖《たんすいこ》の岸辺にあるんですか？」

「だったら、どうして生物学部の人を呼んだの？」

「万が一ってこともありますからね。夏場は食中毒も恐《こわ》いことですし。——行くよ、陽さん」

「おう」

食器を洗い上げた史郎が声をかけると、陽介はスコップ片手に立ち上がった。

「陽さん、魚探も」

《シーガルIII世》から取り外した魚群探知機を陽介が、ノートパソコンを史郎が持つ。

「どこ行くのよ——」

二人が来たのは、魚の打ち上げられた岸辺だった。水の入ったビーカーや広口ビンがあたりに広げられ、その中心に、捕虫網《ほちゅうもう》のような長い柄《え》の付いた網《あみ》を持った紅葉山忍《しのぶ》が立っている。

「ちょっと沖《おき》のほうへ出てきます」

「うん。魚はさ、食べちゃだめだよ」

「ええ。湖水のサンプルも採ってきますね」

「あぁ、まぁ、どうかなぁ」

「——これ、お借りします」

ゴムの栓《せん》の付いた試験管が五、六本挿《さ》さった試験管立てを手に、史郎はその場を離れた。陽介、美春の順で後に続く。

今度、史郎たちが来たのは、栈橋《さんばし》だった。オール付きのボートに乗る。陽介も乗り組み、美春が動くより早く、オールの一本で支柱を押すようにしてボートを岸から離す。

「堀田くん、嵯峨くん！」

「ミジィさん――紅葉山さんのごはんのこと、よろしくお願いしますね。自分の分の食料は持ってきたと思うんですけど、作業に熱中すると、食事することを忘れちゃうんで、昼前に一度、声をかけてあげてください」

美春が返事をする間もなく、ボートはどんどん遠ざかり、やがて湖面の上の黒い点になった。

栈橋のほうを見る。美春はまだそこに立って、こちらをにらんでいるようだ。

「あの魚は、誰か人間がやったことだけど、そのほうが毒や病原菌《きん》よりも恐いかもしれない。病気なら、ほとんどは注射一本で何とかなる。だけど、人間の嫌《いや》がらせなら、魚の死骸《しがい》だけじゃ終わらないかもしれない」

「鯨《くじら》の死骸とかか？」

「半月湖の岸に鯨の死骸が打ち上げられたら、高校野球以外にニュースのないマスコミが飛んでくるだろうね。それから、忘れちゃいけない、陰研《いんけん》会長の大庭さんも」

「現場到着《とうちゃく》。さすが、お宝発掘部のエンジン。《シーガルIII世》にもそうそう負けない速さだね。さて、始めようか」

「そうだな」

「そうか」


「調査用のサンプルになる水を採りに行ったんだろ？」

桂が手回しよく持ってきたオペラグラスを借りて、沈没地点あたりに浮《う》かんでいるはずのボートを捜《さが》す。それらしき影《かげ》は見付けたものの、乗っている二人が具体的に何をやっているのかまでは判らない。

「ええ、でも、魚群探知機とパソコンまで持っていったんです」

美春の言葉に、桂と真由美が顔を見合わせる。

「まさか、自分たちだけで引っ張り上げようとか――」

「五〇メートルだよ？　素潜《すもぐ》りじゃ無理だろ」

あの二人ならやりかねない――。思ったけれど、美春は言わなかった。

「ひょっとして、死んだ魚をバラ撒《ま》いたのもあの二人だったりしてな」

「そんなはず、ないですよ！」

反射的に否定している。

——そりゃ確かにあの二人は胡散臭《うさんくさ》くて、何を考えてるのか解《わか》らなくて、突飛《とっぴ》なことばかりするけど……。

それでも彼等はロマンを（そして土を掘《ほ》ることを）大切にし、依頼《いらい》人との契約《けいやく》は何としてでも守る人間のはずだ。——たぶん。

「そんなはず、ないですよ……」

昼を少し過ぎたくらいに、二人は戻《もど》ってきた。

「はい、ミジィさん、お土産《みやげ》」

水の入った試験管を紅葉山に渡《わた》す。

「水を採ってくるだけにしちゃ、ずいぶんかかったね？」

「ついでに、〝彼女〟に異常はないかも調べていましたから」

不審顔《ふしんがお》の桂に、にこやかに答える史郎。その笑顔の屈託《くったく》のなさが、逆に信頼《しんらい》性を感じさせない。

「それで、どうです、ミジィさん、魚のほうは？」

「大量死の原因になるような細菌《さいきん》とか化学物質とか、そういったものは検出されてないねぇ」

「そうですか。——何かお手伝いするようなことはありますか？」

「コーヒー淹《い》れて、コーヒー」

「はい、喜んで」

史郎は調理用ストーブでコーヒーを沸《わ》かすと、紅葉山のところへ届けた。

「きょうはもう、水中調査は難しいみたいですね」

まだ沈《しず》んでこそいないものの、太陽はだいぶ西に傾《かたむ》いている。確かに山のせいで日暮れが早いようだ。

「でも、明日からは潜《もぐ》れるんだろ？　生物学部の人の話じゃ、水の中に危険はないみたいだし、誰《だれ》かのイタズラってことで――」

「それより吹雪さん、いちおう、医者に行ったほうがいいんじゃないですか？　もしも、魚が大量に死ぬような病原菌や有毒物質が湖の水の中にあったとしたら、昨日、一昨日《おととい》と、さんざん潜っているわけですから」

――ちょっと、あたしに言ったことと違《ちが》うじゃない！

美春の厳しい視線に、しかし、史郎は気が付いた様子もない。

「そうか……。でも、この近所で医者っていうと、山を下りなきゃいけないんじゃないか？」

「まあ、健康の問題ですからね。僕は潜っていないんで、心配はないんですが――」

顔を見合わせる桂と真由美。

「あのさ、嵯峨くん、あの生物学の人の検査が終わって、医者に行かないとまずいってことが判《わか》ったら、行くから。ほら、山から下りたり、また登ったりするのも面倒《めんどう》だしさ、あたし、保険証持ってきてないしさ、ね、真由美？」

「そうね」

「学園の診療所《しんりようじよ》だったら、学生証見せるだけで無料ですよ？」

「あ……あたし、注射嫌《ぎら》いだから。ね、真由美？」

同意を求める桂の肩《かた》を、真由美がうつむいたまま、ぽんぽんと叩《たた》いた。


「——堀田くん、どこ行ったの？　スコップ担《かつ》いでたみたいだけど？」

夕食の準備を始めた史郎に声をかける。

「ゴミ捨て場に、新しい穴を掘りに行きました。何にしても、あの大量の魚は生ゴミとして捨てなければいけませんからね」

それであんなに嬉《うれ》しそうだったのか——。納得《なつとく》したところで、本題に入る。

「ねえ、湖で何をやってたの？」

「水を汲《く》んでたんですよ」

「それだけにしちゃ、長すぎない？」

「魚探で《コンスタンス・カルミントン》の状況《じようきよう》も確認《かくにん》しましたね」

「それだけ？」

「ええ、それだけです」

午前中に桂の言っていたことを思い出す。

「あたしには言えないことなの？　あたしだって、お宝発掘《はっくつ》部の一員でしょ？」

「――こういう状況にふさわしい諺《ことわざ》があるんですが、さすがに言うわけにもいきませんね」

人差し指で頬《ほお》を掻《か》きながら言う史郎。

諺――。例によって美春はメモ帳に書き込んだ。

「あのね、嵯峨くん。アジやイワシを投げ込んだのは、大庭さんじゃないかしら？」

美春としてはかなり思い切ったことを口にしたつもりだ。

「大庭さん？　どうしてですか？」

「あの人、発掘部が何か陰謀《いんぼう》を企《くわだ》てているって思ってるんでしょ？　だとしたら、それを妨害《ぼうがい》するためにやったとか――」

ボートを壊《こわ》すとかいった実力行使ではなく、ちょっと怪奇《かいき》現象っぽいことをするあたり、大庭厚子がやったのではないかという気がするのだが。

「どうでしょう？　大庭さんの場合、自然現象や勘違《かんちが》いまで超常《ちょうじょう》現象や陰謀にしてしまうことはあっても、自分からそういうことをするでしょうか？」

「そ……それは、そうかも……」

「それに、大庭さんは魚が好きじゃないんですよ」

冗談《じょうだん》とも本気ともつかないことを言って、料理に戻《もど》る史郎だった。

「はあ？」

「異常なしって言うのも変だけど、異常はないね。死因は、魚屋の店頭で売られているふつうの魚といっしょ。死んでから投げ込まれたんでしょ。投げ込まれた時間は、死んだ時間が判らないんで、正確には出せない。腹を上にして浮《う》かぶ、つまり内部が腐《くさ》ってガスが発生するほどじゃなかったから、そんなに昔のことじゃないね。ただし、食べちゃだめよ。水のほうも調べてみたけど、危ないものは検出されてない。念のために培養《ばいよう》してるのもあるから、一晩だけ待ってね」

紅葉山忍は、そう報告した。

「そうですか。ビーチハウスをもう一軒《いっけん》、用意しましたから、今夜はそっちに泊《と》まってください。——すみません、出雲さん、今夜はミジィさんと相部屋ということで」

夕食のテーブルはいま一つ盛り上がりに欠けた。いまごろになって、死んだ魚の臭《にお》いが鼻の奥に残っているような気がして、食欲が萎《な》える。生臭《なまぐさ》さや、生の食材の感触《かんしょく》を遠ざけようということなのか、色鮮《いろあざ》やかなオムライス（カップスープ、サラダ添《ぞ》え）なのだけれど。

例によって陽介は食欲旺盛《おうせい》だが、白衣を脱《ぬ》いだ紅葉山も嬉しそうな顔でスプーンを口に運んでいる。何十匹《ぴき》もの死んだ魚を生ゴミとして埋《う》めたり、半日がかりで魚の死因を究明したりで、厭《いや》な臭いがいちばん身に染み付いていそうな二人が盛《さか》んな食欲を見せているというのは、奇妙《きみよう》な気がする。というか、そんなことを気にするようなやわな神経の持ち主では、死んだ魚の相手は務まらないということなのだろうか。

「実は私のリクエストなんだよね、オムライス」

美春の視線を感じたのか、ちょっと照れ臭《くさ》そうな表情でそう言った。それを聞いて、再び料理に口をつける気になる美春だ。

「明日は潜《もぐ》れるようになるといいなあ」

ぽつりと桂が言った。

夜半を過ぎた。テントは閉じられ、明かりも消えている。そして、中にいるはずの二人はいない。本来ならテントの中で眠《ねむ》っているべき二人は、少し離《はな》れた雑木林に身をひそめ、自分たちのテントと、今朝魚が打ち上げられていた岸辺とを見張っていた。

「さて、現われるかね、妨害工作をした奴等《やつら》は」

どこか楽しそうな口調で史郎がつぶやく。ブラックジーンズに黒いTシャツ。すっかり夜の闇《やみ》に溶《と》け込もうというスタイルだ。

「昼間、用もないのにわざわざ湖の真ん中まで漕《こ》ぎ出して見せたりしたんだから、挑発《ちょうはつ》に応じて、次の妨害工作に来てほしいもんだね」

「そうか」

スコップを片手に地面に胡座《あぐら》をかいている陽介が短く応《こた》える。詰襟《つめえり》の学生服は、もともと暗《くら》闇《やみ》との親和性が高い。

「魚の臭いが残ってるのかな。野良ネコがうろうろしているよ。——ゴミ捨て場は？」

「埋めた」

「それにしても何者だろうね、屋形氏のクルーザーを引き揚《あ》げられると困る奴《やつ》って」

「例の小説を書いてる奴」

「秘密にしておいたはずなんだけどね、メモのことは。あるいは、最初に花村さんに完結編の構想メモの話をした評論家先生の口から漏《も》れたか——。ひょっとして、クルーザーは関係なしに、半月湖でうろうろされていると困る奴でもいるのかな」

「海賊《かいぞく》」

「海賊？」

「縄張《なわば》りを荒《あ》らされたと思った」

「湖だから、海賊じゃないでしょ」

「湖賊……山賊かもな」

「山賊ね……。確かにイヌやネコの死骸《しがい》を玄関《げんかん》口に投げ込むなんてヤクザの嫌《いや》がらせの手口に通じるものがあるね、今回のアジやイワシは」

「そうか」

「でも笑っちゃうね、僕たちが海賊に妨害《ぼうがい》されているんだとしたら。難破船のサルベージなんて、水中考古学者からそれこそ海賊と同次元の存在として、蛇蝎《だかつ》のごとく嫌《きら》われている。ふつうの考古学者にとっての墓荒らしのようにね。僕たちもご同様だろうな」

「森先生は違《ちが》う」

「考古学者っていっても、森助教授みたいな人は例外中の例外だよ。それに、森先生がお宝発《はっ》掘《くつ》部に好意的なのは、陽さんがいるからでしょ？」

「……………そうか」

「何にせよ、信じられないくらいの幸運で《コンスタンス・カルミントン》号の位置を特定できた。船や周囲の状態も、厳しくはあるけれど、絶望ではない。ここで踏《ふ》ん張らなくちゃね、依頼《いらい》人のロマンを実現するためにも。僕たち、お宝発掘部なんだから」

「掘《ほ》るのはあまりない」

「ごめん、陽さん」

紅葉山が寝入《ねい》ったところで、美春はそっとビーチハウスを出た。

――嵯峨くんたちが昼間やっていたことって、何か隠《かく》された目的があってやったことよね。死んだ魚をバラ撒《ま》いたのもあの二人かもしれない――。桂はそう言っていた。反射的に否定したものの、美春たちを遠ざけて自分たちだけで何かをするために囮《おとり》とかカムフラージュのような意味合いでやったことだとすると、それなりに筋は通ってしまう。例えば、造成中の山の雑木林を掘るのに、山寺の見学に出掛《でか》けるというような。

　夜になって空気が冷えていた。寝巻《ねまき》代わりのジャージの上からパーカーを羽織っているのに、涼《すず》しいのを通り越《こ》して肌寒《はだざむ》いくらいだ。さすがはリゾート地。

　こんな行動にも多少は慣れたので、懐中《かいちゅう》電灯や防犯ブザーなど、最低限必要なものはいつでも持ち出せるようにポケットに用意しておいた。

　ふと、携帯《けいたい》電話を意識する。きょうは報告できることがあったけれど、まだ大庭厚子に連絡《れんらく》をとってはいない。いや、この携帯電話だって、何かあったときは時刻を気にしないでかけていいからという言葉とともに剣持薫から渡《わた》されたものなのだ。それなのに――。

　――負けないわよ。今度こそ、お宝発掘部の実態に迫《せま》って、社会復帰するんだから。見ていてください、剣持さん！

　逆境でこそ燃える女――。それが出雲美春の本質なのかもしれない。

　前夜、前々夜の経験を活かし、携帯電話はマナーモードに切り換《か》えておく。これで、万が一の場合にも他の人間に気付かれる心配がない。美春は足を速めた。

　やっぱり……。テントの近くまで来て、中に人の気配がないことに美春は気付いた。半ば予想したとおり、二人は美春たちが寝静《ねしず》まったところを見計らって単独（？）行動に出たようだ。

――だとすると、やっぱり湖に出たのかしら……？

桟橋《さんばし》のほうへ行くべきだろうか。いや、頭の回る史郎のことだから、ボートのある場所へは行かず、例えば隠しておいたゴムボートを使ったりするのではないだろうか。それなら湖面に出る場所を選ばないし、エンジンの音をさせることもないし、それに――。

――いかにも秘密の行動っぽいしね。

ちょっと気味が悪いが、魚の打ち上げられていた岸辺のほうへ行く。

ニャーッ！　フーッ！　無気味な鳴き声がして、美春の脇《わき》を何かがすり抜《ぬ》けた。

――ひええっ……って野良ネコか。ああ、魚の臭《にお》いに引き寄せられてるのかしら。

危うく悲鳴をあげるところだった。まだ心臓がドキドキ言っている。

気を取り直して、再び歩き出す。湖面が近づいてくるが、よく解《わか》らない。暗いし、湖は広いし。夜でも見える双眼鏡《そうがんきょう》みたいなものがあればいいのに――。

美春は息を呑《の》んだ。両目をこすり、もう一度、湖面のほうに目を凝《こ》らす。間違《まちが》いない――。

――ひええっ、堀田くん、嵯峨くん！　これは、いったい……？

その時、ポケットの中が震《ふる》えた。ビクッとしながらも、反射的に携帯電話を取り出している。

『ちょっと！　何時まで待たせるつもりなのよ？　――ちょっと、聞いてる、出雲さん？』

「光ってるの」

『光ってる？　ひょっとして未確認漂流《みかくにんひょうりゅう》物体？　未確認が出たの？』

「湖が光ってるのよ」

自分の口にした言葉が、まるで他人のつぶやきのようだった。だが、見間違《みまちが》えではない。ごく一部ではあるが、湖面が青白く発光している。

真輝島学園七不思議、湖底のＵＦＯ基地……。大庭厚子が口にしていたような突拍子《とっぴょうし》もない言葉を思い出してしまう。お宝発掘部に関《かか》わってからというもの、けっこう非常識な人間にいろいろ出会い、自分も非常識なことをしてきたが、これは、それらを超《こ》えている。あれは……あの光はいったい何なのだろう。

すぐに行くから待ってなさい――。一方的に電話を切る大庭厚子。

改めて湖面の怪光《かいこう》に目を凝らしてから、最初に剣持の名前ではなくお宝発掘部の二人の名前を呼んでしまったことに気付いて慌《あわ》てる。

――いえ、別に剣持さんを信頼《しんらい》していないとか、あてにならないと思っているとか、そういうことじゃないんです！　こういう常識から外れたことに剣持さんを巻き込みたくなかったし、超常《ちょうじょう》現象は剣持さんに似合わないと思ったからなんです。誤解しないでください、剣持さん！

それでもしっかり心のなかで弁解している美春だった。

「光……昨夜は早く寝《ね》ちゃったから気付かなかったけど、何だろう？」

陽介と史郎も湖面の光に気付いていた。

「宝」

「自分から光を出すお宝っていうのは、ちょっと思い付かないな」

「犯人」

「あるいはね。例えば毒性のある発光プランクトンとか……。いや、それならアジやイワシから検出されそうなものだし……。ミジィさんを呼ぶか」

携帯電話のボタンを押す。寝惚《ねぼ》けた声で電話に出た忍に、状況《じょうきょう》を手短に話す。

『——水中で発光する生物というと、ほとんどが海水性なんですけどねえ』

まだ頭の中に血液が巡《めぐ》っていないような声を出す忍。

『淡水《たんすい》中となると、まず考えられるのは、ゲンジボタルとヘイケボタルの幼虫ですかね。ただ、湖じゃ流水じゃないし、いまは季節外れですねえ』

「とりあえず、実物を見てもらえますか。堀田を迎《むか》えにやりますから」

了解《りょうかい》の返事を聞いて、電話を切る。

「聞いてのとおりだよ、陽さん。ミジィさんを迎えに行って。——くれぐれも、ノックを忘れないようにね。女性が寝てる小屋なんだから」

「そうか」

スコップを肩《かた》に走り出す陽介を見送ると、史郎はつぶやいた。

「さて、妨害者《ぼうがい》が近くにいるとしたら、どんな気持ちでこれを見てるんだろうな……」

どこへ行くべきか。陽介と史郎はテントにはいないはずだ。桂と真由美を起こすか。

――そうだわ、紅葉山さんなら……。

あの光が生物によるものかどうかは判《わか》らないけれど、自分よりはマシ――かもしれない。

美春がビーチハウスに戻《もど》ろうとした時、ざわざわと雑草の茂《しげ》みを蹴立《けた》てるようにして何かが近づいてくる。

――野良《のら》ネコ……じゃない！

全身真っ黒なクマのようなものが、二本足で立ってこちらに走ってくる。美春は今度こそほんとうに悲鳴をあげた。

「――どうした、出雲？」

「へっ？」

美春の目と鼻の先に突《つ》っ立っていたのは、学生服で肩にスコップを担いだ陽介だった。

「えっと、あの、その……」

ホッとすると同時に、恥《は》ずかしさが込《こ》み上げてくる。

「だから、ほら、堀田くん、湖が光ってるわ、湖！」

湖面の青白く光っているほうを指差す。太い首が九〇度動き、そちらを見て、また戻る。

「おう。史郎に言われて、ミジィさんを呼びに行くところだ」

「行く！　あたしもいっしょに行く！」

行くも何も、さっきまでいた自分のビーチハウスに戻るだけのことなのだが。しかし、とりあえずは、どうして自分がこんなところにいたのか疑問に思う隙《すき》を陽介に与《あた》えたくなかった。

恐《おそ》る恐る来た道を、今度は逆に走る。

「堀田くんと嵯峨くんは、どうしてこんな夜中にテントにいなかったの？」

「見張ってた」

「見張ってたって、誰《だれ》を」

「魚を捨てた犯人が、また来るかもしれないって史郎が言った」

やっぱり企《たくら》んでいたわけか——。どうやら史郎たちは、魚の死骸《しがい》について、ただのイタズラと片付けずに、かなり重要な意味をもつものと見ているらしい。

「そう、あたしも、何かあるかもしれないと思って見張ってたから、いっしょね」

陽介から訊《き》き返される前に言っておく。言い訳やごまかしのテクニックばかり向上していく。

——ああ、無垢《むく》な少女は、こうして純粋《じゅんすい》さを失いながら、大人になってしまうのね……。

美春が内心で〝青春の痛み〟をやっているうちに、ビーチハウスの前まで戻ってきた。

「——紅葉山さん、起きてるか？　堀田だ！　迎えに来た！」

壊《こわ》れるんじゃないかと心配になるような勢いでドアを叩《たた》き、野太《のぶと》い声で紅葉山を呼ぶ陽介。

「ちょっと、堀田くん」

「――女性が寝てるから、ノックしろって、史郎が……」

「そんな大声を張り上げてドアをぶっ叩いたら、中の人が怯《おび》えるわよ。ご近所にも迷惑《めいわく》だし」

シーズン少し前のリゾート地に〝ご近所〟と呼べるようなものがあるのか、やや疑問だが。

「どぉもぉ、堀田くん、わざわざお迎え、ご苦労さまぁ」

後頭部だけ平らになったぼさぼさ頭。やや斜《なな》めになったメタルフレーム。くたびれた白衣を羽織った紅葉山忍が、ぬぼーっと戸口に現われた。

「あれぇ、出雲さんもいっしょって、もしかして深夜のデート中だった？」

「違《ちが》います！」

不意にとんでもないことを言い出す紅葉山に、美春は大声をあげた。

「堀田くんも、違うって言ってよ」

「――俺は、史郎といっしょだった」

「…………」

まあ、事実ではあるのだろうが。それに、紅葉山が陽介の言葉をどのように受け取ったのか、美春が心配する必要もないはずなのだが。

「何かあったの？」

大きな声で目を覚ましたのか、隣《となり》（といってもちょっと離《はな》れているのだが）のビーチハウスから懐中電灯《かいちゅう》を手にした桂と真由美が出てきた。

「いやぁ、死んだ魚に続いて、湖が光ってるんだって。いまから見に行くんだけど、いっしょする？」

不安げな表情で顔を見合わせると、桂たちはうなずいた。

「じゃあ、行こうか」

紅葉山は白衣の肩にリュックを担いだ。


ぼんやりとした青白い光が見えた。落ち着いて、改めて見てみると、湖面が光っているというより、水の中に何か光るものが沈《しず》んでいるようだ。

「ほえーっ、確かに光ってるねぇ」

紅葉山がため息のような声を漏《も》らす。桂も真由美も、声もなく見入っている。

「アジやイワシが死んでいたことと何か関係があるんでしょうかね」

雑木林の中から姿を現わした史郎が言う。

「誰かが投げ込んだとしても、何を？」

「光る生き物もいるでしょ。ホタルイカとか、夜光虫とか、チョウチンアンコウとか」

「嵯峨くんにも言ったけど、ほとんど海のものなんだよね、水中で光る生物ってのけ」

桂の言葉を、紅葉山は否定した。

「淡水《たんすい》中となると、まずはホタルの幼虫だけど、あれは流水中だし、季節外れなんだよね。あとは……ビブリオに感染したヌカエビが発光するか……」

——ビブリオって、細菌《さいきん》よね、腸炎《ちょうえん》とかの原因になる……。

そんなものが湖水に繁殖《はんしょく》しているとは思いたくないが。

「それからニュージーランドに、発光する淡水産の貝がいましたなあ。でも、そんなのが大量発生するような要因が何かあったっけかねえ……」

首をひねる紅葉山。

「いや、埼玉《さいたま》県だって昔は海の底でしたから、山の中から貝の化石が出ますけどね」

「あれは、面白《おもしろ》いな」

そんな場合じゃないでしょ——。史郎の言葉にあいづちを打つ陽介を横目でにらむ。

「放射能とかじゃないでしょうか」

「そんな、夜光塗料《とりょう》じゃあるまいし」

「とりあえず、何が光ってるのか、見てきますわよ」

リュックから柄《え》付きの網《あみ》を取り出すと、紅葉山は湖水のほうに歩き出す。いつの間に履《は》き替《か》えたのか、足はゴム長だ。

「陽さん、手伝ってあげて」

「おう」

背丈《せたけ》はあまり変わらない二人が、並んで光のほうへと歩いていく。

「桂……」

「大丈夫《だいじょうぶ》だよ。きっと……」

暗がりでも、桂と真由美の顔が青ざめているのが判《わか》った。

「ビーチハウスに戻《もど》ったほうがいいんじゃないですか。とりあえず、僕たちにできることはないわけですから。風邪《かぜ》でもひいたら、水中作業ができなくなりますし」

気が付くと、空気がけっこう冷え込んでいる。

「いや、はっきりしないと、帰っても眠《ねむ》れないだろうし……」

桂のつぶやきが胸にしみる。

——今朝までは順調だったのに！

宝探しの目標である、沈没《ちんぼつ》したクルーザーは、現地に着いた日のうちに発見できた。多少の問題点はあったけれど、引揚《ひきあ》げ作業のための具体的な準備は進んでいたのだ。それなのに——。

——誰《だれ》なのよ、変な嫌《いや》がらせをするのは！

大量の魚の死骸《しがい》をわざわざ運んできて投げ込む奴《やつ》。そして、それが無害だと判ったら、今度は謎《なぞ》の発光現象だ。誰かが邪魔《じゃま》をしているとしか思えない。

「フッフッフッフッ……。お揃《そろ》いね、皆《みな》さん」

この場にはそぐわないキンキン声がした。近くの茂《しげ》みがガサガサと音を立て、白い帽子《ぼうし》を被《かぶ》ったツーテールの頭が飛び出す。続いて、丸いメガネに黒くて重たそうな双眼鏡《そうがんきょう》を押し当てている丸い顔が現われる。最後に、白いサファリルックを着た小柄《こがら》なボディが。

自称《じしょう》〝隠《かく》された真相を暴《あば》き出す女〟。真輝島学園高等部二年Ξ《クシ》組、大庭厚子。陰謀《いんぼう》研究会会長。そして、美春が生徒会書記であることを知る者。

湖のほうを見ていた大庭厚子は、美春たちのほうに向き直ると、双眼鏡を下ろした。

「どうも、お久しぶりです、大庭さん」

いつものように、しれっと挨拶《あいさつ》をする史郎。奇妙《きみょう》な闖入《ちんにゅう》者に目をぱちくりさせる桂と真由美。しかし、美春はそれどころではなかった。

——キャーッ、剣持さん！　出雲の正体が、生徒会役員のクラブ実態調査だってことが、バレちゃいますぅ！

「フッフッフッフッ……。知ってるのよ、あなたが実は何をしているのか——」

——キャーッ、ダメーッ！

「——嵯峨くん！」

——へっ？

大庭厚子がビシッと指差したのは、史郎だった。

「湖底で輝《かがや》くオーパーツをサルベージし、その実態を隠匿《いんとく》しようとする陰謀。陰謀研究会会長、この大庭厚子が暴いて見せるわ！」

腰《こし》から力が抜《ぬ》けそうになる美春。呆気《あっけ》にとられたのだろう、硬直《こうちょく》している柱と真由美。しかし史郎はにこやかな表情のまま、手を腰のデイパックに回し、何かを取り出した。

「出雲さん、これをかけて、これ被ってください」

差し出されたものを受け取る。黒いサングラスと、同じく黒いソフト帽《ぼう》。

——な……何のおまじないよ？

しかし、史郎も同じ帽子を被り、サングラスを黒いものに替《か》えている。何が何だか解《わか》らないまま、美春も史郎に従った。

「フッフッフッフッ……。よく見破った」

笑ったのは、史郎のほうだった。

「ワレワレハ宇宙人ダ」

横にした手のひらで喉《のど》を叩《たた》きながら言う史郎。今度こそ、美春は地面の上に突《つ》っ伏《ぷ》しそうになった。だが、大庭厚子の顔は青ざめ、額には汗《あせ》が浮《う》かんでいる。

「おーぱーつハ密約ニ基《もと》ヅキ、ワレワレガ独占《どくせん》スル。ワレワレノ秘密ヲ知ッタオマエハUFOニ誘拐《ゆうかい》シ、脳ニ特殊《とくしゅ》ナ金属片ヲ埋《う》メ込ンデ、電波デこんとろーるデキルヨウニシテヤル。モチロン、記《き》憶《おく》ハ消シテシマウ。オマエハ誘拐サレタコトモ、手術サレタコトモ、思イ出セナクナルノダ」

「キャーッ！　イヤーッ！」

まさか、脳手術を避《さ》けるためでもないだろうが、頭を抱《かか》えるような格好で、大庭厚子は後ろも見ずに走り去った。

「どうも、お騒《さわ》がせしました」

帽子を取って挨拶する史郎。

「――どういうことなの？」

その場にいる、史郎以外の三人を代表するような形で美春が訊《き》く。

「大庭さんは、宇宙人恐怖症《きょうふしょう》なんですよ。本気で宇宙人の脅威《きょうい》から人類を守ろうと思ってるんです」

「オーパーツ・マニアなのに？」

「宇宙人は恐《こわ》いんです。不思議ですね。子どもの頃《ころ》に宇宙人に誘拐されたんでしょうか？」

なるほど、大庭厚子の様子は、かなり本気で恐がっているように見えた。

「でも、ちょっとかわいそうじゃない。恐がっているものを使って、追い払《はら》うなんて」

「トラブルの元はできるだけ抱え込みたくないんで。――無事に帰れたかな」

確かに、死んだ魚に謎の発光と、すでにトラブルの元は充分《じゅうぶん》に抱え込んでいる。あの様子では、大庭厚子はそのどちらにも無関係のようだが。

――まさか、こんなことで〝積年の恨《うら》み〟を買ってるんじゃないでしょうね……。

「――ごめんなさい、僕ひとりだと迫力《はくりょく》不足だからとはいえ、出雲さんまで宇宙人だと思われちゃいましたね」

　頭を下げる史郎。

　――うわわわわーっ！

　今後、大庭厚子が美春のそばに現われることはないかもしれない。何故《なぜ》なら大庭厚子は宇宙人恐怖症であり、美春のことを宇宙人だと思い込んでいるから――。

　怯《おび》えた顔で自分のことを避ける大庭厚子を想像して、脳に激痛を感じる美春だった。


　お騒がせの原因が去ると、あたりはいっそう静かになった。

「見てみ。貝だよ、貝。湖の底で貝が光ってたんだよ」

　戻《もど》ってきた紅葉山は、水の入った広口《ひろくち》ビンを掲《かか》げた。ビンの底には笠《かさ》を伏せたような形の貝がいくつか沈《しず》んでいて、それが青白い光を発している。

　美春は胸を撫《な》で下ろした。さすがに「UFOじゃなくてよかった」とは言えないが。

「さっき言ってた、淡水《たんすい》に棲息《せいそく》する発光する貝ですか？」

「うん。ただ、そいつはニュージーランド産なんだよね。それが、どうして半月湖なんかに大量にいたのか、それが解らないんだなあ」

　陰謀《いんぼう》――。いまはいない〝隠《かく》された真相を暴き出す女〟なら、そう言うだろう。

「あの、危険なものじゃないんでしょうか、毒があるとか？」

おずおずと真由美が訊く。

「うん。いまのところ、毒性は検出されてないよ」

「じゃあ、明日からはまた水中作業ができるんですね」

「照合のために、朝一で研究室に戻らなくちゃいけないなあ。解ったら、連絡《れんらく》入れるけど」

紅葉山は、肩越《かたご》しに湖を振《ふ》り返った。つられるように一同も湖面を見る。青白い光は、いまも健在だ。かなりたくさん、貝はいるのだろう。正体が判《わか》ってみると、余裕《よゆう》をもって見られるせいか、さっきまでよりも生き生きとした印象のある明るいもののように思えた。

「発光パターンとか、時間を観測するんで、今夜は徹夜《てつや》だよぉ」

リュックから防寒具のようなものを取り出して体に巻き付けると、紅葉山は双眼鏡《そうがんきょう》を光のほうに向け、観察を始めた。

「僕たちは、とりあえず今夜は休みましょう」

史郎に促《うなが》され、一同はその場を離《はな》れた。

「嵯峨くん、二、三時間したら、コーヒー持ってきて。熱くて濃《こ》いぃの」

「はい、喜んで」

一同は、キャンプ場の前まで来た。ここで横に入れば陽介たちのテント、まっすぐ行けば美春たちのビーチハウスに出る。

「——あの、ちょっと遅《おそ》くなっちゃいましたけど、これから湖に出てみませんか」

美春の提案に、桂たちは戸《と》惑《まど》ったような表情を浮かべる。

「いいえ、どうせ潜《もぐ》れないし、別に意味なんてないんですけど、きょう一日は花村さんたちやあたしは湖の上に出てもいないでしょ？　それって何か口惜《くや》しいような、残念なような、そんな気がするから……」

「半月湖ナイトクルーズってわけ？」

「いいかもしれませんね」

桂が、続いて史郎がうなずく。

「湖に出ると寒いでしょうから、みんな支《し》度《たく》をして、二〇分後に桟橋《さんばし》に集合ってことでどうでしょう？」

二〇分後、上着などを羽織り、コーヒーのポットなどを手にした（なかにはスコップを担《かつ》いでいる者も一人交じっているが）五人は、《シーガルⅢ世》で湖に出た。

「沈没《ちんぼつ》地点にはどうせまた行くんだから、湖をぐるっと一周してみようか」

桂の言葉に、小さな歓声《かんせい》が賛同の意を表わす。

風が冷たい。喧騒《けんそう》も届かない。岸に見える明かりもごくわずかなものだ。しかし、心が弾《はず》む。攻略《こうりゃく》する対象を探したり調べたりということから離れて、純粋《じゅんすい》に楽しむために船を出し、湖を眺《なが》めているからだろうか。

「――ああ、星が近いわ」

首の後ろで髪《かみ》の毛を押さえるような格好で真由美が空を見上げている。

「わあ、ほんとに……」

つられて見上げた夜空は、細かい光る砂を撒《ま》いたようにたくさんの星が散らばっていた。しかも、星というか空全体が低いように見える。手を伸《の》ばせば届くような――。小説などで見かける表現だけれど、それはこんな星空のことを言っているのかもしれない。

「ねえ、嵯峨くん、あのこんなふうに並んでる星って、もしかして――」

「ええ、北斗七星《ほくとしちせい》です。あれが北極星で、反対のあっちにあるW型がカシオペアですね」

「へえ、星座ってほんとうにあるんだ……」

「そりゃ、ほんとうにあるに決まってるじゃない」

桂には笑われてしまったが、教科書などで見たとおりの形に並んだ星が、実際に夜空に輝《かがや》いているのを見るのは、胸の高鳴る経験だった。

「――じゃあ、ちょっと休憩《きゅうけい》して、じっくり星座でも見物しようか」

《シーガルIII世》は、湖の真ん中で止まった。船体に当たる小さな波の音が聞こえる。

「コーヒーと、サンドイッチを作ってきたんで、よかったらつまみませんか?」

史郎が包みを開いて差し出す。

「桂ったら――」

「へへへっ、一本だけね」

プシュッと音がした。

「紅葉山さんは、あのへんかしら？」

目を凝《こ》らすが、もちろん見えるわけはない。貝の青白い光も、距離《きょり》を隔《へだ》てたためか、ここからは判らない。

「わざわざ来てもらって、気の毒したよな。魚の死骸《しがい》がイタズラだってことは、真由美がアジやイワシだって見破った時に解《わか》っちゃったんだし、調べてもらうまでもなかったな」

「そうですか？　けっこう顔色悪かったですよ、吹雪さん」

「それは忘れてよ」

美春の軽い突《つ》っ込みに、桂がショートカットの後頭部を掻《か》く。

「他にも、あの変な女の子とか、光る貝とか、なかったことにしちゃいたいよな」

しみじみと言う桂。とりあえず明日からは作業を再開できそうだという安心感が、そんなことを言わせるのかもしれない。

「いいこと言ったな、出雲」

斜《なな》め上から声がする。陽介が真上を見たまま言ったのだ。

「みんなして湖で星を見るっていうのは、いいと思うぞ」

「……そう、ありがとう」

上を向いたままなので、陽介がどんな顔をしているのか、美春には見えなかった。

「大雑把《おおざっぱ》に一周して船から見てみただけだけど、半月湖にあの貝がいるのは、発見されたあの一帯だけみたいだね。ミジィさん、かなり入れ込んでたよ。明日の朝一番で研究室に戻《もど》って、もっと詳《くわ》しく調べたいってさ」

「そうか」

紅葉山のところに差入れをして戻ってきた史郎は、「こんな夜中に食べていいわけないいんだけど」とぼやきながら、ストーブに火を入れ、陽介のために大盛りの炒飯《チャーハン》を作った。

「アジやイワシを投げ込んだ奴《やつ》だけど、犯行時刻は真夜中ってわけじゃないね」

「そうか？」

「僕らが寝《ね》た時刻より遅いことは間違《まちが》いないけれど、魚はきれいだった。野良イヌや野良ネコに食い荒《あ》らされていなかった。つまり、捨てられてから発見されるまでの間に、それほど時間は経っていなかったんじゃないかってことだよ」

「そうか」

「魚屋さんが開いている時刻じゃないからね。前の日のうちに買っておいたのかな」

「朝一番に魚河岸《うおがし》で仕入れた」

「なるほど、それはいいいな」

クスクスと笑っていた史郎だが、不意に真顔に戻る。

「吹雪さんたちはあんな調子だけど、魚を調達して投げ込むには手間も時間も金もかかる。イタズラにしちゃ、大変だ。わざわざそんなことをした犯人の狙《ねら》いは何なのか、そして、誰《だれ》なのか。安心できないんだ、光る貝のことが解決されても」

「そうだな。——ごちそうさま」

「お粗末《そまつ》さま。はい、コーヒー」

陽介のカップにコーヒーを注《つ》ぎ、自分のカップにも注ぐと、史郎はランプに目をやった。

「陽さんは、エルキュール・ポワロって知ってる？」

「知らん」

「ミステリの女王と呼ばれたアガサ・クリスティの生み出したベルギー人の名探偵《めいたんてい》さ。ゆで卵みたいな頭をして気取った形の髭《ひげ》をはやした洒落《しゃれ》者の小男でね。しかし、クリスティは自分の死後の刊行を予定していた長編『カーテン』のなかでポワロを殺してしまう。やはり、作者が自分の生み出した探偵にうんざりしてしまったからという、ドイルとホームズの場合と同じ理由らしいよ」

「推理小説作家っていうのは、最後には自分の名探偵まで殺すものなのか」

「…………」

「違《ちが》うのか？」

「いや、実際、そんなものなのかもしれないね。自分の生み出した主人公に本気で感情移入する小説家なんて、傍《はた》から見れば気色の悪いものだよ。その意味で、容易に人を殺せる作品世界をすでに構築してあるミステリ作家っていうのは幸福なのかもしれないな。——ただ、クリスティのポワロ殺しについては別の説もあってね。自分の死後、他の作家によって勝手にポワロものの続編を書かれないようにするために、自分の手で名探偵の命を絶ったんだっていう説もある。これはこれで、過剰《かじょう》な感情移入の結果という見方もできるな。他人の手に渡《わた》すくらいならいっそ殺してしまう、あるいは一種の無理心中のような、ね」

「——そうか……」

「ごめん、陽さん、つまらない話しちゃったね。——コーヒーのお代わり、どう？」

差し出されたカップにコーヒーが注がれる。

「待てよ……。ポワロ最後の事件の舞台は、最初の事件と同じスタイルズ荘《そう》だった……。もしも屋形氏がクリスティのひそみに倣《なら》ったとしたら……」

史郎はしばらく、ランプの炎《ほのお》の奥にあるものを見詰《みつ》めるような表情をしていた。

「陽さん、明日は僕も潜《もぐ》ってみるよ。僕だってお宝発掘《はっくつ》部なんだからね」

「そうだな」

着替《きが》えて、顔を洗ってから、陣中見舞《じんちゅうみまい》に出かけていくと、紅葉山はボウルいっぱいのミルクをかけたコーンフレークという朝食の最中だった。

「おはよう、出雲さん。——あの貝だけど、発光している時間は意外と短くて、明け方のだいぶ前に光らなくなっちゃったね、ほら」

広口ビンを見せる。水の底に沈《しず》んでいるのは、どこにでもありそうな、ただの貝だ。昨夜の、幻想的《げんそう》とでも言いたいような青白い光がないだけで、これほどまでに違うものだろうか。

「おはようございます、ミジィさん。朝ごはんは——要りませんね」

「おはよう、嵯峨くん。コーヒー貰《もら》えるかな？　熱くて、濃《こ》いぃの」

「持って来ました」

史郎は魔法《まほう》ビンを紅葉山の脇《わき》に置いた。

桂たちも交えた朝食が終ると、また、ぬぼーっとした様子で紅葉山が現われた。

「ひと通り観察は終えたから、研究室に戻るわ。注意の必要な結果が出たら、連絡《れんらく》するから」

「急ぎますよね？　吹雪さん、すみませんが、車を出してもらえませんか？　理学科のキャンパスまで。僕もちょっと乗っけていってもらえると助かるんですが」

「解った」

ピーチハウス脇の駐車《ちゅうしゃ》スペースに止めてあった車に、紅葉山の不格好な大荷物を積み込む。

「貝、狙ってるのかな、この野良ども」

「食べられるんですか、その貝？」

「たぶん、不味《まず》いよ。——そういえば、死んで浮《う》かび上がった魚でも、野生のクマなんかは平気で食べるよねえ」

生物学の研究者と料理が趣味《しゅみ》の高校生の奇妙《きみょう》な会話を乗せて、ワンボックスカーは山道を下っていった。

「それじゃ、あたしたちも潜る準備だけはしておきましょうか」

真由美の言葉にうなずくと、残った人間はそれぞれの準備をしに行った。

二時間ほどで桂のワンボックスカーが戻《もど》り、昼を少し過ぎたくらいの時間に、史郎が戻ってきた。

「湖に出ちゃいましょうか。ミジィさんの連絡が入ったら、すぐに作業が始められるように」

真由美の提案で準備を済ませておいたので、《シーガルIII世》を出すのは割と簡単に済んだ。

「そうか、きょうは嵯峨くんも潜るんだっけ」

史郎の格好を見て、桂が言う。きょうはスイムウエアにオーバーサイズの白いTシャツというシンプルな格好だ。美春としてはホッとしたことに、穿《は》いているのは、懐の言っていた〝イタリアの何とかいうブランドのスーパー・ビキニ・ブリーフ〟ではなく、ふつうの海水パンツの裾《すそ》を膝《ひざ》まで伸《の》ばしたようなものだ。

——でも、考えようによっては、堀田くんとお揃《そろ》いよね……。

春である。

最近、自分で自分の頭痛のネタを探しているような気がして、それがまた頭痛を誘発《ゆうはつ》する美

昨夜は夜更《よふ》かししたせいか、湖面に反射する太陽がいちだんとまぶしく感じられる。作業を再開できるかもと、意気込んでここまで来たが、いざ連絡を待つとなると、時間の経つのが遅《おそ》い。船の上では時間潰《じかんつぶ》しもままならず、ひょっとしたら陸上で待たなかったのは失敗だったかもしれない。

見ると、もうエアータンクを担《かつ》ぐばかりの格好になった桂や真由美も、手持ち無沙汰《ぶさた》な様子でぼんやりと湖面を見ている。史郎は何やら本を読んでいるし、陽介は飽《あ》きもせず釣糸《つりいと》を垂れていた。

不意に電子音が響《ひび》いた。

「はい、嵯峨です。――ああ、ミジィさんですか。どうも、お疲《つか》れさまです」

かけてきたのが紅葉山と知って、一同の視線が史郎に集中する。

「はい。――はい。――ああ、なるほど。――解《わか》りました」

史郎が右手の親指を立てる。桂がガッツポーズをし、真由美が小さく手を叩《たた》いた。

「お疲れさまでした。また、いずれ。――はい、失礼します」

電話を切って、しまう史郎。

「問題なしなんだな、潜れるんだな、嵯峨くん？」

「はい。培養《ばいよう》実験の結果も、通常の雑菌《ざっきん》以外は検出されなかったそうです。貝のほうも危険はありません。特別に注意を払《はら》わなければならない要素は、現在のところ、発見できないそうです。――そうそう、放射能は検出されなかったと花村さんに伝えてほしいと言ってましたよ、ミジィさん」

頰《ほお》を赤らめる真由美。

「よかったあ、一時はどうなることかと思ったよ」

史郎の言葉に、珍《めずら》しく桂が大袈裟《おおげさ》な安堵《あんど》のため息をつく。

「では、作業を再開しましょう」

間が一日あいただけなのに、水に潜るのは何十日ぶりのような気がした。《コンスタンス・カルミントン》号を見た時は、転校してしまった友だちに久しぶりに会ったような気になった。

――そういえば、嵯峨くんは、実物を見るのは初めてだっけ……。

慎重《しんちょう》な、と表現するのがいちばん相応《ふさわ》しいだろう身のこなしで、沈《しず》んだクルーザーを調べている。身のこなしこそ慎重なものだが、ある場所の確認《かくにん》を終わって次の場所へ移る際の動きは素早《すばや》いものだ。前もって、点検するべき場所をリストアップしておいたということだろう。水の隙間《すきま》を縫《ぬ》うような動き。もともと美春とそんなに体格の変わらない史郎だが、ウェットスーツを着ていると、いっそう華奢《きゃしゃ》に見える。

ドアをチェックし、窓をチェックし、さらに中を調べる。窓や船室の状態よりも、船内に散らばったものなどのほうに興味があるのか、ずいぶん長いこと、中を覗《のぞ》き込んでいる。

――何か、手伝うことはないのかしら？

いちおうは美春とコンビを組んでいるはずなのに、史郎はまるで水中にいるのが自分ひとりであるかのように、延々と単独行動を続けている。これなら、黙《だま》ってこき使う陽介といっしょのほうが、まだ楽しかったりして――。

――あ、楽しいっていっても、あくまで比較論《ひかくろん》ですからね。

行動や考えにいちいち言い訳をするようになってしまったことが自分でも悲しい美春だった。

――花村さんと吹雪さんは？

ドアが開かないかどうか試している桂。その脇《わき》で見守っている真由美。揃いのウェットスーツを着た二人は、ほんとうの姉妹のように見える。

ドアからも窓からも入れないのでは、船内を捜索《そうさく》する方法はない。浮《う》かぶ密室――。以前、史郎がヨットを評して言ったことばだが、いまの《コンスタンス・カルミントン》号は、さしずめ〝沈む密室〟か。やはり壊《こわ》すか。それとも引き揚《あ》げるか。

――こうしてみると、あたしだけ何もしてない……？

何か手伝うにしても、水の中では細かい指示など伝えられない。それでも、いちおう史郎のところへ行ってみよう――。美春が水を蹴《け》った時、デッキの上にいた真由美も桂のそばを離《はな》れ、史郎のほうへ移動した。いまは窓を離れクルーザーの底部を調べている史郎のほうへ。

次の瞬間《しゅんかん》、ポンというような音がした。耳抜《みみぬ》きをした時の、耳の中の空気の圧力が変わった時のような音。ただし、頭のなかではなく、外側で。

ゆっくりと、しかし意外なほどに速く、斜《なな》めになって湖底に横たわっていた《コンスタンス・カルミントン》号が起き上がっていく。

陸上なら土煙《つちけむり》に当たるだろう、もこもことした泥《どろ》の濁《にご》りが舞《ま》い上がる。呆然《ぼうぜん》と見守る美春の前で、白く輝《かがや》く泡《あわ》を撒《ま》き散らしながら、真由美が横に弾《はじ》き飛ばされる。桂は、とっさに上方に避難《ひなん》したらしい。

——嵯峨くん！　嵯峨くんは？

船底とその周りの湖底を調べていたはずだ。いまや《コンスタンス・カルミントン》号は本来の姿勢を取り戻《もど》し、水中ではあるが、まっすぐに立ち上がっている。ライトを向ける。泥の濁りが少しずつ鎮《しず》まり、自然物のくすんだ色彩《しきさい》とは異質の鮮《あざ》やかな色——史郎のウェットスーツとエアータンクが光の中に透《す》けて見えた。

——嵯峨くん！

泥の汚れをかき分けるように《よご》して近づく。事故だ。事故が起きたのだ。船が倒《たお》れて、いや、傾《かたむ》いていた船が元に戻って、史郎がその下敷《したじ》きになった！

ようやく史郎のところにたどり着く。片脚《かたあし》が、船の下敷きになっているのが見えた。船体を押す。ぴくりともしない。史郎の体に手をかけ、引いてみる。抜けない。それに、史郎に苦痛を与《あた》えてしまうかもしれないと思うと、そんなに力を込《こ》めることもできなかった。

——待ってて、嵯峨くん、すぐに堀田くんを呼んでくるから。

湖底を蹴るようにして水面を目指そうとした美春の足が何者かに摑《つか》まれ、引っ張られる。必死になって振《ふ》り解《ほど》こうとする美春だが、足を摑む力は強く、逆に引き戻された。

——放してっ……って、えっ……嵯峨くん……？

美春を引き戻したのは、他《ほか》ならぬ史郎だった。史郎は美春の頭を両手で自分のほうに向け、うなずいた。まず、自分のエアータンクを指差し、ＯＫのサインを出す。

——ええと、空気にはまだ余《よ》裕《ゆう》があるってことね……。

美春もうなずいて、ＯＫのサインを出す。

それから史郎は、ヨットの下敷きになっている足を指差し、ＯＫリインを出してから、引っ込めかけ、また出した。言わんとするところは、それほどの重傷ではないということだろうか。

ＯＫのサインを出しておく。

美春が冷静さを取り戻したと判断したのだろう。史郎は水中ノートを取り出して、水中ペンを走らせた。あわてて上に行ってはダメ——。

——そうだわ。一気に水面まで浮上《ふじょう》すると、減圧症《しょう》になっちゃうんだった。

慌《あわ》てていたのだろう。一〇メートル、つまりは一気圧ごとに体内の圧力を適応させながら浮上しなければ、血液中に溶《と》け込んだ高圧の窒素《ちっそ》が膨張《ぼうちょう》して大変なことになる。ここで美春まで体に異常を起こして、どうする。

ＯＫサインを出す。史郎はさらに文字を書いた。陽さんを呼んでください。みんなはシーガルⅢ世で待っていること――。

うなずいてＯＫサインを出す。気が付くと、桂も真由美もそばにいた。船体、史郎の脚と、美春と同じように試してみた後で、さすがにそれなりのキャリアがあるからだろう、史郎のエアータンクの確認《かくにん》をしてから、桂は真由美をかばうようにして浮上を始めた。美春も続く。

《コンスタンス・カルミントン》ですが、『そして誰《だれ》もいなくなった』の舞台《ぶたい》となる島への招待状の差出人の一人なんですよ――。最後には誰も生き残らない小説の発端《ほったん》になる死の招待状の差出人の名前。

――何よ、そんなのただの小説じゃない！

余計なことを教えてくれた史郎に、ちょっとだけ腹を立てた。

もどかしくなるような減圧の時間を経て、三人は水上に出た。

「史郎はどうした？」

珍《めず》しく陽介のほうから話しかけてくる。美春は手短に事故の内容を伝えた。

「ねえ、誰か助けを呼びましょう。警察とか――」

泣き声を出す真由美。無理もないだろう。船が動いたのを逸早《いちはや》く察知した史郎が真由美を安全圏《けん》まで突《つ》き飛ばした。その反作用で、史郎は船のほうへ飛ばされてしまった。史郎が船の下敷きになったのは、真由美を助けたためだといえるのだから。

「だけど、そんなことしたら、宝探しは中止になっちゃうだろ！」

だが桂が大声で反対する。

「――掘《ほ》る」

怒鳴《どな》り声ではないが、腹の底にずんと響《ひび》く声がする。ウェットスーツ姿の陽介が、スコップを片手に、予備のエアータンクをいくつも肩《かた》に担《かつ》いで立っていた。

「ほ……掘るって言ったって……」

「史郎は俺が掘る」

それだけ言うと、大きな白いしぶきを立てて、陽介は飛び込んだ。すぐに見えなくなる。タンクがウェイトの役目もしているということか。

「掘るって、何をするつもりなんだ、堀田くんは……」

「掘るんですよ。だって、あの二人はお宝発掘《はっくつ》部なんですから」

そう、陽介は自分の〝宝〟を掘りに行ったのだ。

タンクの重量を利用し、さらに全力で水をかいて、陽介は湖底に到着《とうちゃく》した。史郎が手を振る。

エアータンクをはじめとして、必要な確認を済ませると、陽介はクルーザーに手をかけ、持ち上げようとした。浮力《ふりょく》が手助けしてくれているはずなのだが、持ち上げられない。

史郎がタンクとクルーザーの窓を交互《こうご》に指差す。陽介はうなずいて、タンクを一つ担ぐと、窓からセカンドステージを突っ込み、パージボタンを押す。泡《あわ》となったエアーが連続して吹き出し、船室の天井《てんじょう》に溜《た》まる。船を浮《う》かび上がらせることは無理でも、浮力が大きくなれば、船体を持ち上げる手助けになるはずだ。

だが、エアーは少し溜まったところで、甲板《かんぱん》や、船室のドア枠《わく》のそこここから泡となって逃《に》げてしまった。大きな穴はなくても、細かい隙間《すきま》があちこちにある。実際に効果があるほどの浮力を得るのは難しいようだ。

期せずして船体の気密チェックをしてしまった。陽介はタンクを傍《かたわ》らに置き、スコップを構えた。地面に突き立てるフォームではなく、フルスイングをかますためのフォームだ。水の抵《てい》抗《こう》があるので、いつも以上に角度に気を付けて、足元を踏《ふ》ん張ったうえで、力いっぱい振《ふ》る。

ガスッ。FRPの頑丈《がんじょう》な手応《てごた》え。第二撃《げき》を加えるべく、振りかぶって——。

カンカン。固い金属音が聞こえる。史郎が自分のタンクをナイフで叩《たた》いている。陽介がそちらを見ると、水平にした手のひらを垂直にして、そのまま横に動かす。

スコップは相手に対して平行にして使う。垂直にしたら、刃物《はもの》になってしまう——。陽介と史郎との間の取り決めだ。いま相手にしているのは人間ではないが、依頼《いらい》人の「相続財産」に

当たる品物だ。傷つけるようなことをしてはまずい。

次に陽介は、タンクを横に倒《たお》して、それを支点にスコップの先をクルーザーの底と湖底の間に突っ込んだ。そのまま体重をかけるが、船は動かない。いったん離《はな》れ、予備のタンクを背負って体重を増やしてから、また挑《いど》む。だが、タンクは梃子《てこ》の支点として使うには太さがありすぎて、スコップの先を効果的な場所に突っ込みにくく、柄《え》のほうもうまい角度がとれないために体重が乗せにくい。

背負ったタンクを下ろし、支点に使っていたものも戻《もど》して、改めて船と、湖底と、挟《はさ》まれている史郎の状況《じようきよう》を確認する。湖底の溝に引っ掛かったキールのために、斜《なな》めのまま、それなりにバランスがとれていた《コンスタンス・カルミントン》号だが、あちこちを突っつき過ぎたのか、バランスが崩《くず》れ、船体本来のバラストの働きなどもあって、正常な角度に戻ろうとした。その時に、湖底の凹凸《おうとつ》を滑《すべ》り落ちて、運悪く史郎の脚《あし》を下敷《したじ》きにしてしまったということらしい。キールがまた別のどこかに引っ掛かったのか、一定の深さ以上には落ちず、おかげで史郎の脚は千切れたりせずにつながっているわけだが。

陽介は立ち上がり、再びスコップを構えた。今度は、地面を掘るための姿勢だ。ガチン。湖底は思いの外《ほか》、硬《かた》かった。だが、陽介は掘った。掘り続けた。

陽介が飛び込んでから、ずいぶん経《た》つ。途中《とちゆう》、ボコボコと大きな泡が無数に立ち上り、あるいは何かが浮き上がってくるかと身構えた時もあったのだが、それっきりだった。

桂は、泣きじゃくる真由美をなだめ、美春は水面と時計を交互に見詰《みつ》めるだけだった。

完全に手遅《ておく》れになる前に、救助を呼ぶべきではないか——。常識的な部分が、そう警告する。しかし、いつの間にか美春のなかの少なからぬ部分を占《し》めるようになった非常識な部分（お宝発掘部的な部分？）が声を張り上げている。あいつ等を信じろ、と。

——でも、エアーの残量だけは、ロマンじゃどうにもならないんじゃない！

美春が受けた学科講習でも言っていた。レジャーダイビングでは水深二五メートルを超《こ》えるべきではない。陽介が潜《もぐ》っているのはさらに深い水深五〇メートルの湖底だ。

念のために、自分たちが背負ってきたタンクはいっぱいにしてある。これを持って、再び水中に飛び込もうか——。

泡が上ってくる。それは、陽介と史郎が呼吸をしている印のはずだ。湖底でホースの先からエアーだけが噴《ふ》き出しているということはないはずだが。

——えっ……！

水面を割って、陽介が飛び出した。そう、ほんとうにそれは〝割って〟〝飛び出した〟としか表現のしようがない勢いだった。

「堀田くん！　嵯峨くん！」

大きな水音と美春の叫《さけ》びに、桂と真由美も船縁《ふなべり》に飛んでくる。

「ご心配おかけして、すみません！」

セカンドステージを口から離した史郎が挨拶《あいさつ》する。多少くたびれた顔をしているが、深刻なケガなどはしていないようだ。

史郎を背負い、予備のタンクを肩《かた》に掛《か》け、スコップを持った陽介は、短い梯子《はしご》を伝って、船の上まであがってきた。

「ほんとうに、助けられたんだ……」

桂が呆然《ぼうぜん》とした声を漏《も》らす。単にクルーザーの下から引っ張り出しただけではなく、下敷きになっていた足には添《そ》え木が当てられ、応急処置が施《ほどこ》されている。

安心したのか、真由美が大声で泣き始めた。

「ご心配おかけして、すみません。もう大丈夫《だいじょうぶ》ですから、安心してください、花村さん」

必要なものがあれば、史郎本人から指示があるだろう――。とりあえず美春は船室から乾《かわ》いたタオルと、熱いコーヒーの入ったポットを持ってきた。

「ありがとうございます、出雲さん」

「きょうはもう、引き返そう」

真由美をなだめながら、桂が言う。

「ううん、もう、いい。もう、宝探しなんて、やめる……」

桂の胸に顔を埋《う》めたままで、真由美が言った。

「えっ、だって、真由美――」

「船を引き揚《あ》げるなんて無理なんでしょ？　メモだけ捜《さが》すとしたって、また、誰《だれ》かが――」

「駄目《だめ》だ」

陽介が怒《おこ》ったような声を出す。

「残念ですね。ちょっと捜してみたい場所を思いついたんですが」

「捜してみたい場所って、メモのありそうな場所ってこと？」

美春の問いに、史郎が悪戯《いたずら》っぽく笑う。

「陽さん、そこのカバーのかかった本を取って。――ありがとう」

史郎は受け取った本のカバーを外した。屋形建太郎・著『九番目の虹色《にじいろ》』。繭浦猟月シリーズの第一作だ。

「前に、《コンスタンス・カルミントン》はアガサ・クリスティの『そして誰もいなくなった』から採られているだけではなく、この作品にも同名のクルーザーが登場しているという話をしましたね？　つまり、自分の名探偵《めいたんてい》が初登場した作品の大道具の名前でもあるわけです、この船名は」

なるほど、そういう見方もできないことはないだろう。

「クリスティ女史は、自分の生み出した名探偵エルキュール・ポワロを殺すにあたり、初登場作品の舞台《ぶたい》となったスタイルズ荘《そう》を再登場させました。ひょっとしたら屋形氏も、繭浦シリーズを完結させるにあたって、似たような趣向《しゅこう》を凝《こ》らしたのではないかなと想像したんです」

「ステンドグラスの館がまた出てくるとか？」

「ええ。それで、今朝から読み直してみたんですが、藺浦猟月は、犯人も含《ふく》めた事件関係者が全滅《ぜんめつ》した後で、真相を解き明かした書簡体のメモを自作のガラス瓶《びん》に詰《つ》めて、《コンスタンス・カルミントン》号から海に流します。主人公を純粋《じゅんすい》な推理者として突《つ》き詰めていけば、事件に絡《から》んだ人間関係を道徳的・倫理《りんり》的に断罪することなどに関《かか》わるべきではないのだという、この時点での屋形氏の主張の反映だと思われますが」

「つまり、真由美の親父《おやじ》さんのメモも、ガラス瓶に詰めてあるってこと？」

「海に流したりはしていないと思いますけれどね」

「ひょっとして、それが屋形先生の〝ロマン〟だったってこと？」

史郎はうなずいて、本の最後のほうのページを広げ、指差した。

「――十番目の虹色の硝子瓶《ガラスびん》……」

「あるいは、このガラス瓶がキーアイテムとして再登場するのかもしれませんが」

「――そうだとしても、この〝十番目の虹色〟って、何色だよ？」

「タイトルは『九番目の虹色』でしょ？」

赤外線とか紫外線《しがいせん》かしら――。違《ちが》うだろうとは思うものの、反射的にそんなことを考えてしまう美春だ。

「はい。本文の謎解《なぞと》きによると、まず、八番目の虹色は自然光、つまり太陽光線の色です。虹のかかる場所には、必ず太陽の光が射《さ》していますから。そして、九番目の虹色は、ガラスや水に象徴《しょうちょう》される無色透明《とうめい》なんです。赤・橙《だいだい》・黄・緑・青・藍《あい》・紫《むらさき》の七色のあるところに、意識されないけれど必ず存在する自然光と無色透明。もちろん、この意識されない、見えない存在こそが真犯人の暗喩《あんゆ》になっているわけですが」

「だけど、〝十番目〟に関しては何も書いてない……」

「灰色です」

「灰色？」

「これは、完全に僕の推測にすぎませんが、虹の七色をすべて混ぜた場合、光ならば元の自然光に戻《もど》りますが、絵の具で再現された七色を混ぜると、無彩色《むさいしょく》、つまり灰色になります。作中で、事件に関して繭浦と意見を交換《こうかん》しながら、推理をするわけではない、事件に直接の利害関係をもっているわけでもない登場人物が一人だけいて、事件の後も生き延びて姿を晦《くら》ませてしまいます。言ってみれば、犯罪鑑定家《かんていか》・宗像紫影の原形のような登場人物なのですが、職業はまさに画家なんですよ」

「ええと、つまり、完結編の構想メモは、灰色のガラス瓶の中に入っている、と」

推理小説の分析《ぶんせき》に引きずり込まれそうになった一同を、美春の単純な要約が現実に引き戻す。

「船室の中で、灰色のガラス瓶を探せばいいんだね」

「一つ問題があります」

いまにもエアータンクを背負いそうな桂を史郎が止める。

「船室に入る方法がないということです」

「ドアを壊《こわ》せば？」

「ええ。注意深くやれば、危険性は減らせます。ただ、瓶の中にはメモ以外にも空気が入っていると思うんですよ」

「そりゃ、そうだろうな」

「迂闊《うかつ》にドアを開けて、近くに瓶があった場合、勝手に浮上《ふじょう》してしまう危険があります」

「圧力の変化で破裂《はれつ》か？」

「いえ、内部は一気圧でしょう。問題は、どこに浮《う》いてくるか判らないことです。途中《とちゅう》で摑《つか》まえることは難しいですし、見失ったり、あるいは《シーガルIII世》にぶつかって割れでもしたら、取返しがつきません」

「そうなると、窓から入るしかないわけか」

「はい。しかし、これも前に言いましたが、あの窓のサイズでは、陽さんはもちろんのこと、吹雪さんでも入れません。花村さんならできると思いますが、一度エアータンクを下ろしてからでないと、背負ったままでは難しいでしょうね」

そこまで聞いた桂は、真由美のほうを振《ふ》り返った。

「真由美――」

「ダメ、あたし、できない」

「やるんだ、真由美。おまえには必要なことなんだ」

「できない。できないったら、できないのっ！」

危うく自分が船の下敷《したじ》きになるところだったという恐怖感《きょうふ》。そして、自分を助けたために史郎がケガをしてしまったという罪悪感。今度の事故で精神的にいちばん傷ついたのは真由美かもしれない。

「あたしが行きます」

「おい」

「出雲さん――」

「あたしなら、体格もちょうど花村さんと同じくらいだから、船の窓から中に入れるはずよ」

正直なところ、あんな事故があった後では、わずかな時間でもエアータンクを体から離《はな》すのはなんとなく恐《こわ》い。しかし、いまやらなくては、この沈没《ちんぼつ》船をめぐる宝探し自体が中止になってしまうかもしれない。さっきは、警察が来たら宝探しが駄目《だめ》になると桂が言うのを聞いて、ムッとしてしまった美春だが、中止になっていちばん残念に思い、ひょっとしたら腹を立てるのは、他ならぬ史郎であり、陽介だろう。

「でも――」

「やらせて。こう見えたってあたし、お宝発掘《はっくつ》部なんだから」

これまでより耳抜《みみぬ》きをする頻度《ひんど》が上がっているような気がする。それだけ急激に圧力が変化している――。つまり、高速で潜降《せんこう》しているということだろう。ひょっとしたら、緊張《きんちょう》しているためにちょっとした圧力の変化が気になっているだけなのかもしれないが。

美春と同行するのは陽介と桂だ。さっきまで水中で奮闘《ふんとう》していたのだから、すぐに潜《もぐ》るのは体によくないと反対したのだが、陽介はどうしてもと言い張って聞かなかった。もちろん、スコップ持参だ。桂は水中用のビデオカメラを手にしている。構想メモが発見される瞬間《しゅんかん》だけは記録に残しておきたいということなのだろう。

――そして、その瞬間の主役は花村さんが務めなきゃいけないはずなんだけど……。

目指す《コンスタンス・カルミントン》号が見えてきた。確かに、さっきまでと船体の角度が変わっている。本来の姿勢に戻ったのだから、あれで正しいのだろうが、微妙《びみょう》な違和《いわ》感がある。まるでどこかに罠《わな》を隠《かく》しているような――。

――考え過ぎよ。緊張したり、恐がったりしたって、いいことないぞ、美春。

それでも、船に近づくと、一同の速度は落ちた。

潜る前に図面を確認している。船室の真ん中に入る窓の前にゆっくり移動する。

陽介が手を伸《の》ばし、窓を全開にする。といっても、構造上、完全に開かないが。壊すという案もあったのだが、船体に衝撃《しょうげき》を与《あた》えるようなことは避《さ》けたいということと、ガラスが割れたりしたら美春に危険だろうということから、見送られた。

桂がライトで内部をひとわたり照らす。問題はないようだ。

いささか緊張して、エアータンクのベルトから腕《うで》を抜く。タンク自体は陽介が支えてくれている。大きく息を吸い込み、セカンドステージのマウスピースを口から出す。そして、窓枠《まどわく》に手を掛《か》け、体を引き揚《あ》げる。動作自体は簡単だ。水の中だし、タンクを下ろしたから体はずっと軽くなっている。

金属のフレームの塡《は》まった丸いガラスと、それよりちょうどひとまわりだけ大きな窓枠の間の隙間《すきま》に頭を突《つ》っ込む。大丈夫《だいじょうぶ》、つっかえるものはなし。あとは、このまま体を中まで引っ張り込めばOK――。

――えっ……つっかえた……。

意外なことに、胸がつかえた。ひょっとして、ウェットスーツの厚みの分かもしれない。ちょっと、ほんのちょっとだけ嬉《うれ》しい気持ちもあったりして。

――よっこらしょ！

いまどき、時代劇でも聞かないようなかけ声を胸の奥でかけると、どうにか胸は窓の隙間を潜り抜けた。ところが、今度はお尻《しり》がつかえた。腰骨《こしぼね》がある分、胸より難物かもしれない。

――うっ、うっ、抜けない……。まずいわ、息が苦しくなってきた！

空気を供給する手段は、壁《かべ》の外にしかない。

――そうだった、先にタンクを船室に入れておけって、嵯峨くんが言ってたのに！

緊張のしすぎで、肝心《かんじん》なところをど忘れしてしまったようだ。腕に力を入れ、なるべくお尻を引き締《し》め（気持ちだけでも）、足をばたつかせてフィンで推力を得ようとする。

――ひっ！

美春の窮状《きゅうじょう》を救おうとしてのことだろう、陽介がお尻を押したのだ。ずるっという感じで、美春は窓枠を潜り抜けることができた。すかさず陽介がタンクを差し入れる。マウスピースを咥《くわ》え、息を吐《は》き出す。レギュレータークリア。新鮮《しんせん》な空気を吸って、ほっとする美春だ。

――ううん、それどころじゃないわ。

桂からライトを受け取り、室内をじっくりと探し始める。

書斎《しょさい》代わりに使っていたというだけあって、家具は椅子《いす》と机、小さな本棚《ほんだな》くらいだ。揺《ゆ》れても大丈夫なように、作り付けになっている。船が沈《しず》むような台風に遭《あ》ったにも拘《かか》わらず、細々としたものこそ散らばってはいるものの、椅子は椅子、机は机と判《わか》る位置にある。そのことが却《かえ》って、本来は人間が生活している場所が水に浸《つ》かっている無惨《むざん》さを感じさせる。

どこか後ろめたいものを感じながら、美春は机の抽斗《ひきだし》を一つずつ開け、本棚の本を引き抜き、床《ゆか》に転がっているものを確かめていった。

ない。史郎の推測した灰色のビンはもちろん、メモらしいものは見当たらない。本は、本屋で売っているふつうの本だし、ペンや消しゴムも水でふやけている以外は特別のものではない。

——ないのかしら、ここには……。

クルーザーといっても、ほとんど屋形氏ひとりでしか使わなかったものだし、船室と呼べるほどのスペースはここしかない。

——そうだ、嵯峨くんが言ってたっけ……。

ライトを上に向けてみる。

美春の決心が固いのを見て、注意深く念入りに準備をすると同時に、もの探しのためのアドバイスをいくつか、史郎はしてくれたのだ。そのうちの一つだ。ふつう、何かを探す場合、人間は自分の目の高さより下を見る。通常、ものは下へ落ちるからだ。

だけど水中では、そうとは限りません。ものによっては、浮《う》かび上がって、自分の頭より高いところにあるかもしれない——。

——そうよね。瓶《びん》、空気の入った瓶なら、上に浮かぶはずだもん……。

いかにも船の中の一室といった感じの木目仕上げの天井《てんじょう》。ほぼ中央には、ひびの入ったプラスチックのカバーで覆《おお》われた蛍光灯《けいこうとう》……。

——あれは……。

カバーにめり込むような黒い影《かげ》。ちょうど、ワインのボトルのような大きさと形だが。

背伸《せの》びして手を伸ばしてから、美春は床を蹴《け》って、フィンを動かした。指先が影に触《ふ》れる。

冷たくて滑《なめ》らかで固い感触《かんしょく》。指で形をたどる。丸くて、細長くて、途中《とちゅう》でくびれていて、手触《てざわ》りの違《ちが》うのはラベルだろうか。どうか、どこにもひびが入っていませんように、穴が開いていませんように——。しっかりと摑《つか》んで、下に引く。抵抗《ていこう》がある。浮かび上がろうとする力が。慎重《しんちょう》に手許に引き寄せ、ライトで照らす。十番目の虹色《にじいろ》——灰色だ。強い光に透《す》かすようにしてみると、中に何か入っているのは確実なようだ。それも、液体ではない何かが。ふと思い付いて、ラベルを見てみる。《the 10th color of the rainbow》そして、二年前の、例のハガキの消印の前日の日付が書き込まれている。

——やった！　見つけたわ！

歓声《かんせい》をあげることはできないし、迂闊《うかつ》に瓶を放《ほう》り投げることもできない。ただ、水の抵抗をかき分けるようにして船室の中をスキップで一周してから、窓のところまで行き、瓶を外へ突き出すと、ラベルの文字を指差す。賞賛の声は聞こえないが、ライトが当てられたのが判る。劇的な瞬間《しゅんかん》を撮影《さつえい》しようというのだろう。調子に乗った美春は、いったん瓶を引っ込めてから、もう一度、出し直した。

ひょっとしたら勘違《かんちが》いかもしれないし、あるいは本物であってもメモの内容が読めなくなっているかもしれない。そんな不安も感じないわけではない。しかし、美春は嬉しかった。早く皆《みな》に知らせたかった。特に、船の上で待っている史郎と真由美に。

差し出した瓶を持つ手をポンポンと誰《だれ》かが叩《たた》く。そして、ラベルを指差している手を誰かがぎゅっと握《にぎ》る。美春は、その手を握り返し、ぶんぶんと上下に振《ふ》った。

4

「ねえ、ちょっと、こんなのあり？」

蟬時雨《せみしぐれ》が降り注ぐ八月も末。美春はクラブ棟《とう》の屋上、お宝発掘《はっくつ》部のテント前まで駆《か》け込むと同時に、思わず声を出していた。陽介はあいかわらずへの字口でダンベルを上げ下げし、足の完治した史郎はディレクターズチェアで本を読んでいる。

「見てよ、これ」

抱《かか》えていた本を二人のほうに突《つ》き付ける。珍《めずら》しくハードカバーで製本されたコミックスだ。タイトルは『無彩《むさい》の環殺　繭浦猟月・最後の事件』とあり、(上)と添《そ》えられているところを見ると、まだ続きがあるらしい。そして、作者は《花村美鈴《みすず》》となっている。カバーに掛《か》けられた帯には、「これが真の《繭浦猟月》原作者が残した構想メモを愛娘《まなむすめ》がコミックスで完結！」と派手《はで》に謳《うた》い上げてある。注意深く見れば、カバーの地模様が、グラフィック処理された「完結編構想メモ」であることが判《わか》る。

「いきなりベストセラーらしいですね」

史郎が手にしている本のカバーを剝《は》がすと、美春の突き付けているのと同じ本が現われた。陽介は、ダンベルを上げ下げしていた手を止めて、あいかわらずへの字口のまま二人のほうを

見ている。

「屋形建太郎が書いた人気シリーズ完結編の構想メモを、実の娘がマンガにしたわけですから、話題性は充分《じゅうぶん》。ベストセラーになるのも当然だと思いますけどね」

「だいたい、ファンに屋形先生の本意を明らかにしたいっていう依頼《いらい》じゃなかったの？　自分がマンガ家としてデビューするための原作に使うなんて、そんなこと一言も聞いてないわよ」

言いながら乱暴にページをめくっていく美春。繊細《せんさい》なタッチの絵柄《えがら》で、硝子《ガラス》工芸家にして希《き》代《たい》の美学探偵《たんてい》・藺浦猟月と、美術鑑定家《かんていか》にして犯罪鑑定家たる宗像紫影との最後の戦いが展開されている。セリフの文字がページに占《し》める割合が大きいのは、ミステリマンガであることに加えて、主要登場人物がおのれの美学を披露《ひろう》する場面が多いからだろうか。

「いちばん気に入らないのは、これよ、これ」

巻末のページだ。「実録・屋形建太郎の完結編構想メモはこうして発見された」と題して、マンガ家・花村美鈴――つまりは花村真由美が独力で沈《しず》んだクルーザーを発見し、メモを回収しようと推理し、奮闘《ふんとう》する様を、ところどころに写真なども交えたマンガレポートとして描《えが》いてある。写真は桂の撮ったビデオが元だろう。下巻に続きが載《の》るのか、上巻のレポートは、例の死んだ魚が淡水湖《たんすいこ》にいるはずもないアジやイワシであることを真由美が見破るところまでで終わっている（「ほんとうの完結編を世に出されると困る連中の嫌《いや》がらせか？」などという解説入り）。

「最後は水に潜《もぐ》ることさえしなかったのに、全部、自分ひとりでやったみたいに描いてあるじゃない。これのどこが〝実録〟なのよ！」

なにしろ、好きな言葉を三つ挙げろと言われたら、即座《そくざ》に「努力」「正直」「誠実」と答えるのが美春だ。他人のやったことを自分の手柄《てがら》として公表する、正直さにも誠実さにも欠けた態度が許せるわけがない。

「――出雲、マンガに出たいのか？」

「そういうことを言ってんじゃないの！」

陽介がぼそりと言った言葉に、美春は大声をあげた。

「瓶を開けて、中のメモがしっかりと読めて、きちんと完結編の構想が屋形先生の字で書かれてるって判った時には、花村さん、あんなに嬉《うれ》しそうな顔をしたじゃない。嬉し泣きまでしたじゃない。あれは、お金儲《かねもう》けのネタを摑《つか》んだ喜びだったの？　そんなふうに思いたくない。思いたくないよ！」

叫《さけ》ぶ美春を、史郎がなだめる。

「ところで出雲さん、このマンガ一冊分の原稿《げんこう》を描くのに――」

「やあ、揃《そろ》ってるね。ちょうどよかった」

低い声がした。振り向くと、出入口のところに、麻《あさ》のジャケットを羽織った吹雪杜がいた。

「吹雪さん、あなたも共犯なんですか――」

「あんたたちには判らないんだよ」

切羽詰《せっぱつ》まった声で言う桂。そのままつかつかと歩いてきて、三人の前に立った。

「真由美はもともと小説家志望だったんだ。中学の時には自分で小説を書いて、イラストも付けて、コピーだったけど本を作ったりしてたんだ。だけど、真由美が屋形建太郎の娘だって知った馬鹿《ばか》な奴《やつ》が、親の七光で鳴り物入りデビューは確定だななんて言ったから、真由美は小説を書くのをやめちゃったんだ」

うつむき加減の怒《おこ》ったような表情で、桂は言葉を続けた。

「親の七光《ななひかり》。人気作家を親にもったおかげで裏口入学。そんなふうに言われるのが嫌で、真由美は絵だけを描くようになった。それも、親父《おやじ》さんが仕事をしているような大手出版社を避《さ》けて、マイナーなところばかりでさ。だけど、そんなところにはイラストレーターもマンガ家もいくらでもいる。少ないパイを奪《うば》い合ってる。そこから抜《ぬ》け出るためのチャンスが、あのメモだったんだ」

「確かに、小説のシリーズはシリーズとして続いていますから、親の七光呼ばわりも少しは弱まるかもしれませんね。何といっても、屋形氏ご本人は亡《な》くなっているわけですから」

「話題が……必要だったんだよ。真由美はほんとうに才能のある人間なんだ。それなのに、たまたま親父さんが人気作家だったために、まともに評価してもらえない。それを打ち破るために、きっかけになる何かが必要だったんだ」

「――屋形氏は、娘さんの才能を認めていたみたいですね。だから、繭浦猟月シリーズの完結編について話していた。そして、どのような結末になるのか、考えさせていた。それが考え付けるようならば、自分の後継者《こうけいしゃ》として正式にどこかの出版社に推薦《すいせん》して、仕事をさせようと考えていた。それは、屋形氏がお亡くなりになったので実現しませんでしたが」

「どうして、そのことを？」

「花村さんが話してくれました。メモを回収するために吹雪さんたち三人が潜って、花村さんと僕の二人だけが《シーガルⅢ世》に残っていた時です」

美春は驚《おどろ》いて史郎の顔を見た。

「さっき言いかけたことですが、メモを発見してすぐにマンガにしたとしても、一か月足らずの期間では、本一冊分のマンガを描くなんて無理ですよ。つまり、花村さんは、解決編以外の部分に関しては、すでに知っていたんです。屋形氏本人から聞いてね。それを元に、かなり前から原稿は描いていた」

「つまり花村さんは、お父さんから出されたテストの答を見つけられなくて、解答を見つけるためにお宝発掘《はっくつ》部に依頼したってこと？」

「違《ちが》う！」

「完結編の構想メモを発見すること、言い換《か》えれば、きちんと解決編まで構想されていると証明することが、花村さんのマンガを出版する条件だった――。違いますか？」

強《こわ》ばった表情で桂がうなずく。

「あんたたちみたいに、お宝だのロマンだの言ってる能天気な連中には解らないだろうけど、才能で食ってくのは大変なんだよ」

言いながら桂は、ジャケットの内ポケットに手を突《つ》っ込んだ。

「待ってください、解《わか》っていないのは吹雪さんのほうです。失礼——」

穏《おだ》やかな口調で言うと、史郎は自分のカップにコーヒーを注いだ。

「——開業して五年以内に株式を一部上場するとか、年商一〇〇億円とか、ウォール街を乗っ取るとか、そんなことだって僕はロマンだと思っていますよ。だって、何がロマンかなんて、自分で決める以外に決めようがないんですから。ビジネスの成功も、メジャーデビューしてビッグになることも、素晴《すば》らしいロマンだと思いますよ。ただし、本人が心から望んでいる限りに於《お》いてはね」

「真由美は、才能があるんだ。成功しなくちゃいけないんだ」

「ですから、あの沈没《ちんぼつ》船をめぐる宝探しについて、内幕を暴露《ばくろ》しようなんて気持ちはありませんよ。誰《だれ》かが妨害《ぼうがい》しているのにも拘《かかわ》らずメモを捜《さが》す、マヌケな嫌《いや》がらせを花村さんが見破る、なんていう劇的な展開を演出するために、わざわざ魚河岸で魚を仕入れてきて岸に撒《ま》いたことも、誰にも言いません」

「あれって、吹雪さんたちがやったんですか?」

驚いて桂のほうを見る。うつむいた顔の頬《ほお》がかすかに赤い。

「挑発行為《ちょうはつこうい》に反応がなかったので、外部の人間じゃないと思いました。それから、医者に行くことを吹雪さんがかたくなに拒《こば》んだので、疑惑《ぎわく》を深めたんです」

――ボートを出したのは、犯人を挑発《ちょうはつ》するためだったのね。

そこで、ふと思い当たる。史郎が言っていた「諺《ことわざ》」とは、「敵を欺《あざむ》くには、まず味方から」ではないだろうかと。

「車に残った魚の臭《にお》いに引き寄せられて、野良《のら》ネコがうるさかったですね。魚がほとんど食《く》い荒《あ》らされていなかったので、捨てたのは発見される直前。車で山を下りるのにかかる時間を計って、真輝島市場まで行って魚を仕入れる時間を足したら、だいたいのタイムテーブルは辻褄《つじつま》が合いました。第一発見者を疑うっていうのは、犯罪捜査《そうさ》の悪しき鉄則ですが」

「ヤラセだけじゃないよ。メモの場所を考える時間を稼《かせ》ぐ意味もあったんだ。あの光る貝は計算外だったけど」

光る貝だけではなく、生物学部の紅葉山忍や、オーパーツマニアの大庭厚子の登場も計算外だっただろう。

「花村さんが自分の夢を実現してくれれば、そして、僕たちのやったことがそれに少しでも貢献《こうけん》しているなら、それで満足です。それを理解してもらえない、信じてもらえないのであれば、自分の至らなさを恥《は》じるだけです。ですから、その手をポケットから出してくれませんか。そこに入っているのが、僕らの口を封《ふう》じる凶器《きょうき》であろうと、口止め料であろうと、それを出すことは、花村さんがマンガを描《か》いていることはロマンではない、夢の実現ではないと否定してしまうことにつながりますから」

「楽しかったぞ」

陽介がへの字口を開く。

「カレーは美味かった。星を見たのも面白かった。何より、潜《もぐ》って船を見るのが楽しかった。掘《ほ》るのはあまりなかったけどな。ほんとだ。――なあ、出雲?」

なんで、あたしに振《ふ》るのよ――。それでも、陽介の言ったことには同意できるので、美春はうなずいた。

ゆっくりと、桂は内ポケットから手を出した。

「――そうだ、吹雪さん、一つだけ忠告します。あなたのロマンが、花村さんにとって重荷にならないように、注意したほうがいいですよ」

「真由美には才能があるんだ」

「その才能をどう使うかは、花村さんが決めることではないでしょうか」

しばらくうつむいて立っていた桂だが、やがて三人に背を向けると去っていった。


「出雲、帰れ」

陽介に出入口のところまで押し遣《や》られ、一方的に命令された美春は、それでも必死に踏《ふ》ん張った。

「これから史郎を慰《なぐさ》める。見られると恥《は》ずかしいから、帰れ」

――何よ、見られると恥ずかしい慰め方って！

いちおう、途中《とちゅう》まで階段を降りた美春だったが、足音を忍《しの》ばせて戻《もど》ってみた。別にこれは邪《よこしま》な好奇心《こうきしん》ではなく、そう、生徒会のクラブ実態調査の一環《いっかん》として、普段《ふだん》は目につかないところでお宝発掘《はっくつ》部が何をしているのかを知るための隠密《おんみつ》調査である――。そう自分を納得《なっとく》させると、美春は鉄扉《てっぴ》の陰《かげ》に身を潜《ひそ》ませて、そっと見てみた。陽介が史郎に話し掛《か》け、うつむいていた史郎が顔を上げる。少し、明るい表情だ。そして、立ち上がると、この暑いのに着ていたジャケットを脱《ぬ》いだ。

――ええっ、何を始めるつもりよ!?

思わず胸を高鳴らせて身を乗り出してしまう美春。

次の瞬間《しゅんかん》、美春の膝《ひざ》からがっくりと力が抜《ぬ》けた。上着を脱いだ史郎はエプロンを締《し》め、いそいそと炒飯《チャーハン》を作り始めたのだった。

「どんなものでも美味《おい》しく食べられる、ある意味では鈍感《どんかん》な舌と、どんなに微妙《びみょう》な味の違《ちが》いでも判る、そのせいで何を食べてもどこかに欠点を感じ取ってしまう敏感《びんかん》すぎる舌と、どっちが幸せだろうね、陽さん？」

「頑丈《がんじょう》な歯と胃腸」

「……それが正解かもしれないな」

陽介のカップにコーヒーを注《つ》ぐ史郎。

「どうして、あんなことを言っちゃうのかな、僕は。言わなきゃよかったって、後悔《こうかい》するのは解っているのに……」

「言えなくて、困ることもある」

「あたし、お宝発掘部なんだから――って言われた時は嬉《うれ》しかったとか？」

「…………そうだな」

「――久しぶりに、懐に会ってこようかな。ヨーロッパで何をしてきたのか、きっと文句を言いたがってるだろうから、聞いてあげるのもいいかもしれない。書斎《しょさい》派の人間同士、人づき合いは大切にしないとね」

「そうか」

「――陽さん、ありがとうね」

「そうか」

エピローグ

「温泉にでも行こうか、陽さん？」

不意に史郎が言った。真輝島学園高等部のクラブ棟《とう》屋上。テントの張られている場所が、いちおう、お宝発掘部の〝部室〟である。

危うくコンクリートの床《ゆか》に突《つ》っ伏《ぷ》しかけた美春であるが、どうにか踏みとどまった。

「急に何を言い出すのよ、嵯峨くん！」

「いえ、格安で利用できる温泉旅館があるんですよ」

「もしかして――」

フェンス際《ぎわ》でダンベルを上下させている陽介のほうを見る。

「ええ。陽さんが掘り当てたもんですから、お宝発掘部はサービス料金で」

「却下《きやつか》」

ちょっと勿体《もつたい》ないような気もしたが、この怪《あや》しいコンビとよりによって温泉というのはちょっと……。

――どうせなら、剣持さんと……って、キャーッ！　何を考えてるのよ、美春！

「また始まったな、史郎」

「何の発作《ほっさ》だろうね、陽さん？」

かなり失礼な会話が耳に入り、美春は冷静さを取り戻した。

「でも、二学期が始まったら、すぐに文化祭の準備でしょ？　どうするの、発掘部は？」

「いままでの活動っていったら、依頼《いらい》を受けての宝探しばかりですからねえ。発表するわけにもいかないし——」

そうなのだ。このところ、プライバシーを気にしなくていい依頼というのを受けていない。活動らしい活動をしていないことになる。

——そこへいくと、大庭さんは元気だわ。

その後、別に美春のことを宇宙人として敬遠することもなく、大庭厚子はお宝発掘部の周りをうろうろしている。史郎によれば、どんなに真剣《しんけん》に信じていた陰謀《いんぼう》説も、三日もすると忘れて、別の説に乗り換《か》えてしまうそうだから、史郎の「宇宙人演技」のことも忘れてしまったのかもしれない。あれも一つのロマンですから——とは史郎の弁。

——どうせなら、あたしが生徒会役員だってことも忘れてくれないかしら……。

生徒会役員らしからぬことをふと思ってしまう美春である。

「どぉもぉ」

妙《みょう》につやのあるアルトが響《ひび》いた。猫背《ねこぜ》によれよれの白衣を引っ掛けた紅葉山忍が、メタルフレームの奥の細い目をなお細めて立っていた。

「どうも、ミジィさん。――どうしました、きょうは？」

コーヒーを注《つ》いだカップを差し出しながら史郎が訊《たず》ねる。

「半月湖で見つけた光る貝だけど、新種だよぉ。ニュージーランドの貝の類縁種《るいえん》ではあるけれど、あの地域にしかいない、かなりの珍種《ちんしゅ》。近々学術誌に発表できるからね」

論文の下書きだろうか、プリントアウトの束を差し出す紅葉山。

「やったじゃないですか、ミジィさん」

「どういうこと？」

「このあいだの光る貝、あれが新発見の貝だったんですよ」

「紅葉山さんが発見したことになるのよね？」

「そうです。学名に紅葉山さんの名前が入れられるんですよね」

「へえ、凄《すご》いじゃない！」

「いいのかなあ。見つけたのは堀田くんといっしょだし、アジやイワシのことで峠峨くんに呼ばれなかったら、見つけられなかったんだし……」

「でも、あの貝の価値に気付いたのはミジィさんです。発見者って、つまり、そういう人のことを言うんでしょ？」

「あはは……。そうかな？」

笑いながら紅葉山は白衣のポケットから一冊の本を取り出した。美春は顔が強《こわ》ばるのを感じた。『無彩《むさい》の環殺《かんさつ》』だった。

「この本の巻末のマンガ、こないだの半月湖のことでしょう？　新種発見なんて、ちょっとだけ話題になるけど、教えてあげたほうがいいのかなあ？」

――新しい貝の発見なんて、そんな大ニュースじゃないと思うけど、でも、実際にあそこで起こったことが描《えが》かれてなかったら、「実録」っていうのが嘘《うそ》だってことの証明になるかも。

美春はまず、陽介のほうを見た。素知《そし》らぬ顔でダンベルを上げ下げしている。それから、恐《おそ》る恐る史郎のほうを見た。携帯《けいたい》電話を取り出し、ボタンを押す。

「もしもし、花村さんですか？　お宝発掘《はっくつ》部の嵯峨です――」

それから史郎は手短に、紅葉山が発見した新種の貝のことを話した。

「――まあ、イリオモテヤマネコとか、ヤンバルクイナとか、それほどの話題にはならないと思いますけど、一つの湖で同時期に別の分野でダブルの発見なんていうのも、ちょっと面白《おもしろ》いかなと思いまして。ちょっと待ってください――」

史郎は電話を紅葉山に回した。紅葉山は貝のことや、学術誌に発表される論文のことなどを簡単に話した。

「うん、あの貝、研究室で元気にやってるから、暇《ひま》だったら見に来てよぉ。――うん」

電話は史郎に戻《もど》された。

「ええ、そういうわけで。『無彩の環殺』の続き、楽しみにしています。はい、失礼します」

史郎は電話器をポケットにしまった。

美春はほっとして、それからもう一度、陽介のほうを見た。あいかわらずのダンベル運動。だが、その学生服の広い背中がなんだか嬉《うれ》しそうに見えたのは錯覚《さっかく》だろうか。

「でも、さすがはお宝発掘部って感じかな」

「何がです、ミジィさん?」

「新しい生物の発見っていうのも、科学にとって、人間にとって、お宝だよねぇ」

「……お宝、ですかね——」

「お宝ですよぉ」

照れ臭《くさ》そうに指先で頬《はお》を掻《か》いていた史郎だが、不意に走り出した。勢いのまま、フェンスを駆《か》け上る。

「ちょっと、嵯峨くん! ああ、堀田くんまで!」

屋上を囲むフェンスのてっぺんに肩《かた》を並べた二人。

「見ろよ!」

史郎が下のほうを指差している。何だろう——。

「見たか? あそこにも」

——あれ、どこかで聞いたような……。

「見てろ! 飛ぶぞ!」

さらに二人はすっくと立ち上がり、彼方《かなた》を指差した。

「自由の女神が見える。水平線に小さく」

見えるもんですか！　美春はため息をついた。某豪華客船《ぼうごうか》沈没《ちんぼつ》超《ちょう》大作映画の真似《まね》、再び……。

「世界は僕のものだ！」

両手を広げて史郎が叫《さけ》んでいる。陽介もそれに倣《なら》う。

「オーホッホッホゥ！」

今度は二人して、右拳《みぎこぶし》を振《ふ》り上げて吼《ほ》えている。

「もう！　一生そうやってなさい！」

なんだか黙《だま》っていられなくて、変に嬉しくなってしまって、美春も叫んでいた。

あとがき

読者の方から質問をいただきました。

「麻生《あそう》さんは学生時代、どんなクラブ活動をしていたのですか？」

お答えしましょう、「お宝発掘部《はつくつぶ》」はクラブ活動がテーマでもあることですし。

まず中学時代。麻生は《帰宅部》でした。中学に入る少し前に親父《おやじ》がちょっといいカメラを買ったので、「この際、本格的に写真をやるのもいいかな」なんて思ってたんですが、麻生は知らない人と口をきくのが大の苦手《にがて》だったのです（いまだって苦手ですが）。写真部の代表者（当然、上級生）のいる教室まで行って、入部希望の旨《むね》を伝えるというのができないうちに時間は過ぎ、とうとう中学の三年間、何の部にも入りませんでした。

高校時代。麻生の通っていた学校には、正式な《部》、それより扱《あつか》いの軽い《同好会》の下に、文化祭に参加することを主な目的とした《サークル》というのがありました。必ずしも文化祭参加のための一時的なものとは限らず、同好会よりさらに扱いの軽い、緩《ゆる》い団体として活動していたわけです。麻生は、成り行きでそうしたサークルの一つ《ＳＦサークル》に入りました。それも、途中《とちゅう》から。それなのに……どうして二年生の文化祭の時に代表者なんかをやっていたんでしょうか？　中学時代のところにも書きましたけれど、麻生は他人と口をきくのが苦手で、生徒会役員とか文化祭実行委員とかいった人たちと折衝《せっしょう》したりなんて論外だったというのに！（他のメンバーが麻生に輪をかけて口下手な人ばかりだったんでしょうか？）

この頃《ころ》に得た友人たちとは、いまだに交流が続いています——などと書くと、きれいごとになってしまうな。当時から現在に至るまで、麻生が一方的に迷惑《めいわく》をかけまくっているというのが実態です。あとがきでよくお名前を挙げさせていただいている方々のなかにも、当時からの友人が何人かいらっしゃいますし……。いや、得難《えがた》い友人です、皆《みな》さん。

さて、気を取り直して、大学時代。すみません、何もやってませんでした。映画館や芝居《しばい》小屋に入り浸《びた》っていたわけでもなし。では、真面目《まじめ》に講義に出ていたのかというと、何度か追試も受けたし、〝可〟しか取れなかった科目がアレと、アレと、アレと……。またも暗くなりそうなので適当に切り上げますが、麻生の行っていた《文芸専修》というところが、ちょっと変な奴《やつ》のサークルみたいなものだったので、そこの仲間と雑談しているのがいちばん楽しかったのかもしれませんね。

そんな貧しいクラブ活動歴しかない奴が、クラブ活動をテーマにした小説を書いていいのかという疑問もあるかもしれませんが、実態を知らないほうが自由に想像の翼《つばさ》を伸《の》ばせるということもあるではないですか（発掘部や真輝島《まきしま》学園みたいなものが実在していたら、それはそれで恐《こわ》いし）。とはいうものの、《お宝発掘部》や《真輝島学園》は、ある意味では麻生の夢なのかもしれません――。

えっ、小学校時代は何をしてたかって？　ちぇっ、どうにか触《ふ》れずに済むと思ったのに……。はい、麻生は文芸部にいました。顧問《こもん》の先生も、麻生以外の部員も、全員女性でした（恋愛《れんあい》シミュレーションみたい――って、こんな地味な設定はないか）。でも、まだ小学生だった麻生はその状況《じょうきょう》を喜べるほど大人ではありませんでした。もちろん、文化祭に向けて文集を作ったりもしました。通常の活動では、詩を書いたりしましたよ。ああ、悪かったな。どうせオレは、小学生のクセに詩を書いたりした男だよ。相互《そうご》批評の時には「君の詩は理屈《りくつ》っぽい」とか言われたよ。ぜんぜん進歩のない奴さ。悪かったな、フンッ！（「よう、詩人」と呼ばれたりしないか、ビクビクものだったりする麻生）

おかげさまで、『深く静かに掘りかえせ！』は好評をもって迎《むか》えていただけました。特に多かったご意見は――。

①懐《なつ》、萌《も》え！

②「無理ハ」出演者との共演はないんですか？

……①のほうは、もう存分に萌えてください。止めませんから。②のほうは、担当氏からも似たような冗談《じょうだん》が出ました。人里離《ひとざとはな》れた洋館に住む美しい姉妹。祖父である大富豪《だいふごう》の隠《かく》した財宝の発見を、姉は《見つけ屋》に、妹は《七篠探偵事務所《ななしのたんていじむしょ》》に依頼《いらい》した――。なんて話はどうでしょう？　意外と「ロマンの追求者」ということで、史郎《しろう》が山田くんに共感をもったりとか（実は今年の年賀状で、がぁさん先生のイラストによる共演がすでに実現していたりします。ロングヘアの成田委員長も見られるという逸品《いっぴん》——）。

ところで、前作が本屋さんに並んだ頃、新刊コーナーを覗《のぞ》いてみたら、『そのまま穴でも掘っていろ！』とか『ここほれＯＮＥ—ＯＮＥ！』などのタイトルが……。麻生の知らないうちにブームになってたんでしょうか、穴掘《あなほ》り。だからというわけではありませんが、今回は地中から水中に宝探しの舞台《ぶたい》を移してみました（ごめんね、陽さん……）。プロローグを書くために、某豪華《ぼうごうか》客船沈没《ちんぼっ》　超《ちょう》大作をレンタルビデオ屋さんで借りてきたりして。字幕でよく判《わか》らないところがあったので、次の週には日本語吹替《ふきか》え版も借りたりして。ビデオ屋のお兄さんには、よっぽどあの映画が好きな男だと思われたに違《ちが》いありません。

地中、水中と来たから、次は〝空中〟でしょうか？　そして、何のビデオを借りに行けばいいのでしょうか？　ご意見をお待ちしております……。

この本は、以下の方々のご協力を得て完成しました。感謝いたします。

あいかわらずの遅筆《ちひつ》でご迷惑をおかけしましたイラストの別天荒人《べってんこうと》先生、編集部の吉田《よしだ》さん。

水中の生物および船舶《せんぱく》関係の初歩以前の疑問にお答えいただいた富永浩史《とみながひろし》さん（もちろん、作中の間違いは、すべて麻生の責任です。故意に誇張《こちょう》した部分もあります。例えば美春《みはる》のような初心者が、いきなり五〇メートルも潜《もぐ》ったりしてはいけません！）。

そして、この本を手に取ってくださった読者のあなたへ。最大の感謝を。

二〇〇二年三月

麻生　俊平

付記　本書の内容はフィクションであり、作中に登場する人物、団体、事件、作品等はすべて架空《かくう》のもので、実在のものとは一切関係ありません。

続・付記　富士見書房様のほうの新企画《きかく》、現在自主的に（ここ、重要です）改稿《かいこう》中です。時間をおいて読み直したら、「これをこのまま本にすると、麻生も担当氏もPL法に引っ掛《か》かるな」というくらい、つまらなかったので。「お待ちください」なんて図々《ずうずう》しいことはもう言えません。ひたすら仕事を進めるだけです。

続々・付記　このところ、会う人ごとに訊《き》かれるので、この場を借りて告知します。ドラゴンマガジン誌で連載《れんさい》しました『めもりあるロマンス』は単行本にはなりません。ごめんなさい。どうしても読みたいという方は、古本屋さんで探すか、バックナンバーを取り寄せるかしてください。悪《あ》しからず。

突撃《とつげき》　お宝《たから》発掘部《はっくつぶ》2

レイズ the《ザ》 宝船《たからぶね》

麻生俊平《あそうしゅんぺい》

角川文庫　12359

平成十四年四月一日　初版発行

発行者——角川歴彦

発行所——株式会社角川書店

東京都千代田区富士見二—十三—三

電話　編集部（〇三）三二三八—八六九四

営業部（〇三）三二三八—八五二一

〒一〇二—八一七七

振替〇〇一三〇—九—一九五二〇八

印刷——暁印刷　製本——コオトブックライン

装幀者——杉浦康平

S 98-6　ISBN4-04-422006-9　C0193

角川文庫発刊に際して

角川源義

第二次世界大戦の敗北は、軍事力の敗北であった以上に、私たちの若い文化力の敗退であった。私たちの文化が戦争に対して如何に無力であり、単なるあだ花に過ぎなかったかを、私たちは身を以て体験し痛感した。西洋近代文化の摂取にとって、明治以後八十年の歳月は決して短かすぎたとは言えない。にもかかわらず、近代文化の伝統を確立し、自由な批判と柔軟な良識に富む文化層として自らを形成することに私たちは失敗して来た。そしてこれは、各層への文化の普及滲透を任務とする出版人の責任でもあった。

一九四五年以来、私たちは再び振出しに戻り、第一歩から踏み出すことを余儀なくされた。これは大きな不幸ではあるが、反面、これまでの混沌・未熟・歪曲の中にあった我が国の文化に秩序と確たる基礎を齎らすためには絶好の機会でもある。角川書店は、このような祖国の文化的危機にあたり、微力をも顧みず再建の礎石たるべき抱負と決意とをもって出発したが、ここに創立以来の念願を果すべく角川文庫を発刊する。これまで刊行されたあらゆる全集叢書文庫類の長所と短所とを検討し、古今東西の不朽の典籍を、良心的編集のもとに、廉価に、そして書架にふさわしい美本として、多くのひとびとに提供しようとする。しかし私たちは徒らに百科全書的な知識のジレッタントを作ることを目的とせず、あくまで祖国の文化に秩序と再建への道を示し、この文庫を角川書店の栄ある事業として、今後永久に継続発展せしめ、学芸と教養との殿堂として大成せんことを期したい。多くの読書子の愛情ある忠言と支持とによって、この希望と抱負とを完遂せしめられんことを願う。

一九四九年五月三日

私立探偵は
職業じゃない
生き方だ
平和な学園生活の裏で
人知れず起こる、
教師にも手の届かない
事件に一人挑む……
なんつって。
学園ハードボイルド・
コメディ登場！
1
無理は承知で私立探偵《ハードボイルド》
2
でたとこ勝負の探偵稼業《マイ・ビジネス》
3
運がよければ事件解決《ザッツ・オーライ》
無理は承知で
私立探偵《ハードボイルド》
麻生俊平
イラスト：中北晃二
スニーカー文庫
SNEAKER BUNKO

唸る剣風！轟く銃声!!
《闇の種族》との大戦により、
文明の衰退した黄昏の世界を渡り歩く
スゴ腕傭兵リロイ・シュヴァルツァー。
そして、その「相棒」で意志持つ魔剣ラグナロク。
二人の行く手には、常に闘いの嵐が吹き荒れる！
傑作超格闘ファンタジー・シリーズ!!
角川スニーカー文庫

角川スニーカー文庫
リロイ・シュヴァルツァーの壮絶な過去が、いま――！
『ラグナロク』の謎は、コイツで明かされる。
話題騒然の『EX.』ブランド・シリーズ。
「ザ・スニーカー」誌上で
ラグナロクEX. 大人気連載中！